IHR GEHEIMER MILLIARDÄR

MÄCHTIGE MILLIARDÄRE, BUCH 3

JESSA JAMES

Ihr geheimer Milliardär:
Copyright © 2017 von Jessa James as Holzfäller

Alle Rechte vorbehalten. Kein Teil dieses Buches darf in irgendeiner Form oder mit irgendwelchen Mitteln, elektronisch, digital oder mechanisch, reproduziert oder übertragen werden, einschließlich, aber nicht beschränkt auf Fotokopieren, Aufzeichnen, Scannen oder durch irgendeine Art von Datenspeicherungs- und Datenabfragesystem ohne ausdrückliche, schriftliche Genehmigung des Autors.

Veröffentlicht von Jessa James
James, Jessa
Lumber Jacked; Ihr geheimer Milliardär

Copyright des Coverdesigns 2017 von Jessa James, Autor
Images/Photo Credit: VitalikRadko; 4045qd; Ssilver

Dieses Buch wurde früher veröffentlicht als Holzfäller

1

nna

„Ich werde so sauer sein, wenn ich sterbe, während ich diesem Sack seine Einkäufe bringe", murmelte ich vor mich hin, während ich den Steuerhebel hielt und versuchte, das Aufprallen meines alten Wasserflugzeugs zu ignorieren.

Das war unmöglich, seit das letzte

Absacken meinen Magen in meinen Hals verlagert hatte. Der Himmel hatte vor zwanzig Minuten eine fiese, dunkelgraue Farbe angenommen, eine Farbe, die nichts Gutes für mich bedeutete, dem einzigen Piloten, der verrückt genug war, in der zwanzig Jahre alten Blechdose von Flugzeug meines Vaters zu fliegen.

Ich sollte mit meinem Kopf in einem Lehrbuch auf der Erde sein, aber Jack-Ass Buchanan, der verwöhnte Stadtmensch, ließ seine Einkäufe jede Woche anliefern, und ich würde mich nicht vor meinem Job drücken. Ich war —nicht—die Glückliche, die verhinderte, dass er verhungerte. Da er in der Wildnis lebte, mit dem Flugzeug fast zwei Stunden von Anchorage entfernt, war es nicht so, als könnte er in die Stadt kommen, um Sachen kaufen. Es gab ein kleines Fischerdorf, etwa eine halbe Stunde Fahrt von seiner Hütte entfernt, aber dort hatte ich auch hingeliefert.

Eine weitere Achterbahnfahrt ließ das Flugzeug erzittern und ich kämpfte darum, Kurs zu halten.

Der Mann, Jack oder Jack-Arsch, wie ich an ihn dachte, schwamm in Geld. Altem Geld. Silber-Löffel-Geld. Ich hatte keine Ahnung, warum er die Stadt verlassen hatte und nach Alaska gekommen war. Die meisten Leute, die hierher gekommen sind, haben es aus einem von zwei Gründen getan. Erstens hatten sie die Wildnis in ihrem Blut. Jack Buchanan war gutaussehend und robust, hatte Muskeln, für die man sterben könnte, aber er passte nicht genau zu den schroffen Holzfällern, die den ganzen Sommer über in den örtlichen Bars unterwegs waren. Und da das Leben in der Natur nicht in seinem Blut war, blieb Option zwei übrig...der Rest von ihnen kam hierher, um sich zu verstecken. Vor dem Gesetz. Vor einer Ex. Was auch immer. Es war nicht wirklich wichtig, aber ich wusste, wie viele Menschen in der Wildnis von Lieferungen wie meiner abhängig waren. Und ich wollte den Mann nicht verhungern lassen. Was bedeutete, dass ich den unglücklichen Job hatte, ihn einmal in der Woche zu besuchen.

Wenn ich nur nachsehen und gehen könnte, wäre das in Ordnung. Aber wie die meisten hier oben, bekam er nicht viel Gesellschaft. Wenn er welche bekam, ging er gern zum Flugzeug, sagte Hallo, sprach solange mit mir, wie ich entladen musste.

Trotz wöchentlicher Unterhaltungen über mehrere Monate wusste ich nicht viel über ihn, außer dass er irgendwas über dreißig war, groß, gebräunt, umwerfend und mochte Pop-Tarts mit S'mores-Aroma. Nicht, dass ich jemals zugeben würde, dass er verdammt heiß war. Seine Kleidung passte immer ein wenig zu gut, um aus dem örtlichen Shop zu sein, selbst wenn es der raue Look war, den jeder in der Gegend trug. Er hatte eine dieser griechischen Nasen mit Wangenknochen, die mich dazu brachten, mein Gesicht wie eine Katze auf sein Gesicht reiben zu wollen. Während er ziemlich zurückhaltend bezüglich der Tatsache war, dass wir zwei die einzigen jungen, alleinstehenden Menschen in der Gegend waren, sah ich, wie seine schokoladenbraunen Augen zu meinen Brüsten und meinem Arsch wanderten, wenn ich jede Woche seine Einkäufe auspackte.

Ich würde lügen, wenn ich behauptete, meine Augen würden nicht wandern. Ich dachte mir, ich schuldete es Frauen überall auf der Welt, ihn abzuchecken, die Form seiner Brustmuskeln unter seinen Flanellhemden, die Adern, die seine Unterarme hinaufliefen, und die gebräunte Haut im Nacken. Sein dunkelbraunes Haar wurde jede Woche länger – er brauchte einen Haarschnitt. Entweder das oder er musste zulassen, dass meine Finger durch die widerspenstigen Locken glitten. Ich wollte mich in dem Haar verkrallen, wollte ihm das Flanellhemd vom Körper zerren. Wollte an ihm wie an einen gottverdammten Baum hochklettern und mich von ihm an die Wand seiner Hütte pressen und ficken lassen, bis ich nicht mehr atmen konnte.

Er würde gut sein. Ich hatte keinen Zweifel, dass er wusste, wie man eine Frau dazu brachte, um mehr zu betteln.

Ja, die Gedanken daran, wie er seinen Schwanz wie eine Waffe schwang, funktionierten, um mich von dem unruhigen Himmel abzulenken, der mich auf meinen Cockpitsitz herumhüpfen ließ. Ich schüttelte mich aus meiner Sexfantasie und warf einen kurzen Blick auf das Armaturenbrett. Der Druck hatte zugenommen, ein Zeichen dafür, dass die Turbulenzen nur noch schlimmer werden würden.

Denk nicht darüber nach, flieg einfach, hörte ich die Stimme meines Vaters in meinem Kopf.

Er hatte mir beigebracht, zu fliegen, als ich noch ein Kind war. Als ich alt genug war, um meinen eigenen Gurt zu schließen, flog ich mit ihm auf seinen Routen, wenn ich nicht in der Schule war, lernte sogar, meine Hausaufgaben im Co-Pilotensitz zu machen, ohne flugkrank zu werden. Ich bekam meinen Pilotenschein an dem Tag, an dem ich achtzehn wurde und wir hatten eine Party im Hangar. Jetzt, wo er weg war, hatte ich seine Touren, sein Flugzeug, alles übernommen. Sein Geschäft wurde mein. Fliegen war, was ich liebte und ich war verdammt gut darin. Aber diese Stürme waren immer fies. Sie waren in der Luft rauer als am Boden. In der Luft...

Das Flugzeug sackte um gut zehn Fuß ab und ich knirschte mit den Zähnen und hielt mich mit beiden Händen am Steuerhebel fest.

Es war Zeit, Alaska zu verlassen. Es

war überfällig. Ich war nicht wild. Ich liebte die Berge und die Wälder, aber ich hatte so viel von meiner Stadtmädchenmutter in mir, wie mein Vater die Wildnis. Ich wollte mich hier nicht vor dem Leben verstecken. Ich wollte leben. Ich wollte die Welt sehen. Alles erforschen. Ich wollte jedes Land besuchen, das ich konnte, jedes exotische Essen probieren. Ich wollte die hellen Lichter von New York sehen und nachts das unheimliche Heulen des Kojoten in der Wüste von Arizona hören. Ich las jede Nacht, machte Listen von Orten, die ich besuchen wollte. Ich war erst vierundzwanzig, aber meine Liste war zwei Seiten lang. Nichts davon konnte ich hier in Podunk Alaska mit den Bären und den Holzfällern machen.

Nachdem Papa letztes Jahr gestorben war, wusste ich, dass es Zeit war zu gehen. Ich war die Kälte leid, hatte genug von der Dunkelheit, wollte anderen keine Lebensmittel mehr liefern. Ich wollte woanders hin, wo ich noch fliegen aber mehr Geld damit verdienen konnte. Ich war so verdammt bereit, hier rauszukommen und das alte Haus meines Vaters war das einzige, was mich daran hinderte. Ich konnte es mir nicht leisten, ohne das Geld für das Haus allein loszuziehen, aber ich lebte nicht gerade in einer Stadt mit einem lebhaften Immobilienmarkt. Also habe ich gewartet. Und ich habe studiert. Ich hatte noch ein Semester von meinen Online-College-Kursen vor mir. Wenn ich hier rauskam, hatte ich sowohl meine Pilotenlizenz, als auch einen Wirtschafts-Abschluss.

Eine Böe kam aus dem Osten und schüttelte das Flugzeug durch.

Ich hielt den Kopf gesenkt und konzentrierte mich auf die Instrumente, das Flugzeug und das Geräusch des Windes. Es gibt einen Fluginstinkt, den nicht jeder versteht. Ich hatte versucht, es einigen der alten Kumpels meines Vaters in der Stadt zu erklären, aber sie hatten nur über uns beiden gelacht. Es gab Tage, an denen ich schwören könnte, der Wind flüsterte mir zu. Tage, an denen ich wusste, dass es windig werden würde, wusste, dass trotz des Radars ein Sturm kommen würde. Das Wetter war hier oben verrückt, konnte jederzeit umschlagen, und dieser Sturm war der Beweis dafür. Er sollte eigentlich noch mehrere Stunden neunzig Meilen weiter südlich sein. Weit genug weg für mich, um zu landen, die Bestellung von Sex-on-a-stick zu liefern und zurückzufliegen.

Ich war so kurz davor, hier rauszukommen. Selbst wenn Buchanan entscheiden sollte, dass er etwas anfangen wollte, musste ich ihm keinen Korb geben. Ich hatte Ziele. Ich hatte Pläne. Und ein neuer Mann passte nicht hinein. Zumindest keiner von hier.

Das bedeutete, Männern aus dem Weg zu gehen, bis ich aus diesem Ort herauskam, besonders heißen mit dunklen Augen und ungepflegten Haaren. Jetzt war nicht die Zeit, sich ablenken zu lassen. Ich hatte die letzten paar Jahre gearbeitet, um bereit zu sein, und ich würde Richtung Süden ziehen. Mich jetzt zu verlieben war das letzte, was ich brauchte.

Also wanderten meine Gedanken natürlich zu Jack-ass und wie ich mir vorstellte, dass er an meinen Jeans zerrte, mich über das Geländer seines Decks beugte und von hinten nahm.

Nein. Nein. NEIN!

„Hör auf damit", schalt ich mich laut, wusste aber, dass es nicht helfen würde.

Ich zwang meine Gedanken wieder Richtung Zukunft. Ich konnte nicht auf jemanden hereinfallen, vor allem nicht auf einen dummen Stadtmenschen, der bereits verhungert wäre, wenn es mich nicht gäbe. Ich brauchte einen richtigen Mann, einen, der mit mir umgehen konnte.

Also stand Verlieben nicht zur Diskussion. Aber was, wenn Jack nur heißen unverbindlichen Sex wollte?

Ich beobachtete die Konsole weiter und überprüfte den Höhenmesser. Jack wäre wahrscheinlich ein angenehmer Fickkumpel – wie konnte er das nicht, mit den Muskeln und so einem Gesicht? Ich musste lächeln, als ich an den heißen Sex dachte, den wir haben könnten. Eine Nacht könnte perfekt sein. Gerade genug, um meinem Bedürfnis zu befriedigen, meinem Vibrator eine kleine Pause zu gönnen.

Nur eine Nacht, das konnte ich tun, sagte ich mir immer wieder, obwohl der rationale Teil meines Gehirns laut spottete. *Ja, sicher, Anna.* Ich hatte gerade angefangen, über mich selber die Augen zu rollen, als das Flugzeug so heftig schlingerte, dass ich aufschrie. Scheiße, dieser Sturm war heftig. *Zeit, vom verdammten Himmel runter zu kommen.*

Meine Höhe nahm mit den intensiven Turbulenzen ab, etwas, das nie gut für ein Wasserflugzeug war. Jacks Haus lag direkt an einem See und zwischen den Bäumen war kein Platz für eine Landung frei. Wasserlandungen waren alles, was ich in diesem Flugzeug tun konnte. Ich liebte es zuzusehen, wie die Schwimmer durch die rauhen, grauen Wellen schlugen, aber bei diesem Wetter waren Wasserlandungen - oder irgendwelche Landungen – brutal.

Trotzdem war jede Landung eine gute Landung. Auf jeden Fall viel besser als die Alternative...

Ich zwang mich zurück in den Autopilot-Modus. Papa hatte mir beigebracht, "technisch" zu fliegen, also blieb ich bei dem, was ich wusste, und begegnete jedem Problem mit Ruhe. Der Wind schüttelte den ganzen Körper meines kleinen Frachtflugzeugs und ich wusste, dass die Landung übel werden würde.

Gott, ich hoffe, Jack sieht das nicht. Er denkt eh schon, ich sei inkompetent.

Ich wusste nicht, warum es mich interessierte, aber es schien mir wichtig - dass er mir nicht dabei zusah, wie ich mich bemühte, seitwärts auf dem Wasser zu landen. Wenn ich meinen Job behalten wollte, meine Kunden, musste ich als eine starke, unabhängige Frau gesehen werden, die wie ein Badass flog. Alaska hatte viel Fläche, aber wenige Menschen. Ein schlechtes Wort von ihm im nächsten Fischerdorf und die Neuigkeiten würden sich verbreiten. Bis das Haus verkauft war, musste ich weiterfliegen, um die Rechnungen zu bezahlen.

Als ich mein Radar beobachtete, wusste ich, dass ich nur ungefähr eine Meile von meinem üblichen Landeplatz entfernt war. Ich fuhr fort, meine

Höhe zu verringern und befürchtete, dass ich wie ein Stein vom Himmel fallen würde. Wer wusste in diesem Wind, wie die Luftströme aussehen würden? Ich packte den Steuerhebel fester, als ich ein wenig nach Westen abbog, dann ein wenig nach Norden, dann ein wenig nach Osten, um ein Gefühl für den Luftstrom zu bekommen. Die Landung auf dem Wasser wäre viel einfacher mit dem Wind in meinem Rücken, aber in diesem Sturm kam der Wind aus allen Richtungen. Egal wie ich mich näherte, es würde holprig werden.

Ich steuerte den Landeplatz an und ich sank auf dreihundert Fuß. Ich hüpfte grob auf meinen Sitz herum und war dankbar für das starke Körpergeschirr, das mich davon abhielt, meinen Kopf zu stoßen. Mein Headset flog nach einer besonders starken Böe ab und ich versuchte sanft zu sein, als ich den Steuerhebel und die Nase des Flugzeugs weiter nach unten steuerte. Durch den Regen und dem Dunst auf dem Wasser konnte ich kein verdammtes Ding sehen, aber ich wusste, dass ich weit genug vom Ufer entfernt war. Jacks Haus lag wie ein Leuchtfeuer etwa eine Viertel Meile von meinem Landeplatz entfernt und ich wusste, dass ich richtig flog.

Das Stoßen und Prellen ging weiter, als ich versuchte, das Flugzeug auszugleichen, aber es war hoffnungslos. Das Heck würde das Wasser hart treffen – aber es war besser als die Nase. Ich würde durch die Windschutzscheibe gehen, wenn ich mit der Nase aufstieß. Ich hielt den Steuerhebel mit beiden

Händen fest, als der Wind mich nur fünfzig Fuß über dem Wasser rammte. In der letzten Sekunde hielt ich am Steuerhebel und zwang die Nase nach oben und das Heck nach unten. Das Heck schlug aufs Wasser, die Floater schlugen laut auf die Wellen auf und mein Flugzeug wippte wild, während es landete. Ich steuerte weiter, als das Flugzeug über die raue Oberfläche des Sees glitt. Meine Floater schaukelten einen Moment lang, bevor sie sich niederließen.

Heilige Scheiße.

Ich atmete aus, als ich das Flugzeug abbremste und auf das massive Dock am Ufer zudrehte. Der Wind war auf dem Wasser noch intensiver als in der Luft und ich musste mehr als sonst beschleunigen, um an die Stelle zu kommen, wo ich den Motor abstellte. Das

Flugzeug trieb die letzten fünfzig Fuß oder so.

Das würde eine großartige Geschichte werden, wenn ich in die Stadt zurückkomme, dachte ich, aber dann verstummte ich, als mir klar wurde, dass ich nicht nach Hause fliegen würde, bis das Wetter sich aufgeklart hatte. Bis dahin war ich hier draußen. Mit Jack.

2

ack

Wo zur Hölle steckte sie?

Anna Jackson war nur der Hauch einer Frau, aber man musste mit ihr rechnen. Sie maß nur 150 cm und sie flog ein verdammtes Wasserflugzeug. Sie war Alaskas Antwort auf FedEx und ich war von ihren Lieferungen abhängig, auch für meine verdammten Lebensmittel.

Wie konnte eine so kleine Frau die Kontrolle über das verdammte Flugzeug haben? Und dieses Scheißwetter. Als ich hinaus sah spürte ich einen Stein in meinen Eingeweiden als mir bewusst wurde, dass sie vielleicht nicht die Eier hatte, um die verdammte Lieferung zu riskieren.

Es war fast dunkel, aber nicht, weil die Sonne untergegangen war. Der Himmel hatte eine hässliche, dunkelgraue Farbe angenommen und der Wind war so heftig, dass die Bäume aussahen, als würden sie seitwärts wachsen. Um diese Jahreszeit ging die Sonne erst gegen Mitternacht unter und es war noch nicht einmal sieben. Sie war nicht spät dran, aber es war *dunkel* und dieser Sturm, ich konnte mir keinen schlechteren Zeitpunkt zum Fliegen vorstellen. Ich hatte gehört, dass Buschflugzeuge öfter abstürzen als andere. Kein Wunder bei so einem wahnsinnigen Wetter. Sie war wahrscheinlich schon unterwegs, als das Wetter umgeschlagen hat. Aber war sie umgekehrt?

Ich ging rein und nahm mein Funkgerät, um Kontakt mit Anchorage aufzunehmen und herauszufinden, ob sie sicher zu Hause war. An guten Tagen hatte ich klaren Empfang. Heute bekam ich keine Antwort, aber das hatte ich bei diesem verdammten Sturm auch erwartet. Ich versuchte meinen Computer, aber die Wolken waren so dicht, dass ich auch kein Satellitensignal bekam. Keine Chance Kontakt aufzunehmen bis der Sturm vorbei war.

Ich setze mich an meinen Schreibtisch und ging die Unterlagen aus dem Portfolio des kleinen Technologieunternehmens meiner Cousins durch, um mich abzulenken. Sie war ein großes Mädchen. Sie wusste, was sie tat. Sie wusste, dass es sich nicht lohnte für Spaghettisoße und Toilettenpapier das Leben zu riskieren. Nein. Sie war irgendwo sicher auf der Erde und wartete bis der Sturm vorbei war.

Ich wandte mich wieder den Unterlagen von Buchanan Technology zu. Meine Cousins hatten das Unternehmen vor zwei Jahren gegründet und es war seitdem stetig bergauf gegangen, aber das hatte ich erwartet. Ich war mit einem eigenen Unternehmen beschäftigt gewesen und hatte von der anderen Seite der Stadt beobachtet, wie sie sich von ganz unten hochgearbeitet hatten.

Alle sagten, dass die Buchanans einen besonderen Geschäftssinn haben. Nachdem sie gehört hatten, dass ich meine Firma verkauft hatte – der Deal war durch die Presse gegangen und auch meine Familie hatte es natürlich mitbekommen – wollten sie, dass ich bei Ihnen einstieg. Aber ich hatte verkauft und war abgehauen. Ich war noch nicht bereit, in die echte Welt mit seinen ewigen Konkurrenzkämpfen zurückzukehren und das hatte ich jedem Headhunter gesagt, der mich seitdem angerufen hatte. Wenn ich wieder in ein Technologieunternehmen einstieg – ich war nicht auf das Geld angewiesen – wäre die Firma von Natalie und Ben meine erste Wahl. Die Rückkehr nach Seattle war nicht ohne und ich wollte die Entscheidung nicht überstürzen. Ich hatte die Stadt und den ganzen Scheiß nicht ohne Grund hinter mir gelassen. Die Gründe hatten sich nicht geändert. Vielleicht war ich morgen so weit, vielleicht brauchte ich noch etwas Zeit.

Wo wir gerade von Zeit sprechen. Ich sah aus dem Fenster, sah wie die Regentropfen seitwärts über die Scheiben flossen.

Arbeit, als Ablenkung, funktionierte nicht. Ich dachte weiter an Anna, die Frau, die mich mit ihren Stiefeln, der engen Jeans und dem perfekten Busen, den sie unter langärmlichen Hemden, die an jeder Kurve anlagen, zu verstecken versuchte, wahnsinnig machte. Sie war verdammt dickköpfig und Woche für Woche verweigerte sie meine Mithilfe beim Entladen des Flugzeugs. Sie behauptete, es ging ihr nur um meine Fingernägel.

Oh Süße, wollte ich in ihr Ohr flüstern, *ich will nur dich nageln...*

Ich bekam nicht einmal ansatzweise die Chance es zu sagen. Sie schien sich kein Stück für mich zu interessieren und ich würde keine Frau ficken, die nicht will. Ich würde lügen, wenn ich behauptete, dass mich ihre abweisende Art nicht stören würde. Frauen waren mir mein ganzes Leben lang hinterhergelaufen und hatten sich vor meine Füße geworfen, alles nur, weil ich reich war. Deshalb hatte auch Victoria behauptet mich zu lieben. Ich hatte es zugelassen. Ich war der dumme Idiot gewesen, der um sie angehalten hatte.

Ich schob den Gedanken zur Seite, es interessierte nicht mehr. Es war über ein Jahr her, dass die Scheiße über mich reingebrochen ist und ich herausgefunden hatte, dass Victoria mich die ganze Zeit belogen hatte. Über ein Jahr, seit ich nach Alaska gekommen war. Ich liebte die unverbaute Natur, die einfachen Menschen und die Stille. Um diese Jahreszeit, Mitte August, war es warm, die Tage lang und fast perfekt. Ich verbrachte Stunden damit zu wandern und die Wälder zu erforschen. An manchen Tagen brauchte ich eine Jacke, aber es war mindestens zwanzig Stunden lang hell draußen.

Nach einem Monat in Alaska war meine Mutter zu Besuch gekommen. Auch sie liebte mein kleines Häuschen, den See, den Wind in den Bäumen und die wilden Tiere, die zum Trinken an den See kamen. Sie war nicht lange geblieben, nur lange genug, um sich davon zu überzeugen, dass es mir gut ging und um Anna zu finden. Meine

Mutter hatte darauf bestanden, dass ich Kontakt zu anderen Menschen und frische Lebensmittel brauchte, also hatte sie Annas Firma angeheuert, um mich einmal pro Woche zu beliefern. Ich war mir ziemlich sicher, dass meine Mutter Anna hübsch fand und hoffte, dass ich mich in sie verlieben würde. Die Ironie ging nicht an mir vorbei.

Anna war schön und hatte an den richtigen Stellen Kurven. Sie war ehrlich, arbeitete hart und war zäh wie Leder. Könnte ich mich in Anna verlieben? Wahrscheinlich. Aber Anna interessierte sich einen Scheiß für mich, mein Geld oder sonst was. Jede Woche ließ sich mich mit meiner Lieferung und einer Latte zurück, die sich nur auf Anna konzentrierte.

Ich starrte immer wieder aus dem Fenster über meinem Spülbecken in

Richtung Dock, während ich unruhig umherlief. Der Sturm war jetzt so schlimm, dass ich kaum etwas erkennen konnte, Regen und Wind sorgten für eine graue Aussicht. Aber dann konnte ich es sehen. Ihr Flugzeug, eine schemenhafte Form ungefähr 15 Meter hoch in der Luft. Der weiße Fleck in dem grauen Himmel stach hervor und die Position ihres Flugzeugs war nicht zu übersehen. *Scheiße, das wird eine Bruchlandung!* Ich verschwendete keinen Gedanken, ehe ich durch die Tür nach draußen lief, wo mir Regen und Wind ins Gesicht schlugen, kaum das ich auf die Veranda trat.

Ich kümmerte mich nicht darum. Sie war kurz davor mit ihrem Flugzeug abzustürzen und ich wusste, ich würde alles tun, um sie zu retten. Auch wenn es bedeutete in das eiskalte Wasser zu springen und ihren Arsch aus dem verdammten Flugzeug zu zerren.

Während ich so schnell es ging Richtung Dock lief, sah ich wie sie in letzter Sekunde die Nase ihres Flugzeugs nach oben riss.

Ganz ruhig, Top Gun, dachte ich, auch wenn ich gleichzeitig unglaublich beeindruckt war. Das Heck schlug so hart auf, dass ich es auch aus der Ferne hören konnte.

Das muss weh getan haben, dachte ich und lief schneller. Ich war wütend, stinksauer, dass sie bei so einem Wetter überhaupt losflog. Meine verdammte Lieferung war es nicht wert ihr Leben zu verlieren.

Aber sie war knallhart, sagte eine Stimme irgendwo in meinem Hinterkopf, während ich meine Beine zwang noch schneller zu laufen. Ich fühlte mich auf einmal albern, wegen meiner überflüssigen „Heldentaten". Anna brauchte mich nicht. Sie kam allein mit dem Scheiß klar. Mein Schwanz schwoll vor Stolz an, aber ich lief weiter. Sie driftete eher unsanft gegen das Dock, als auch ich gerade ankam. Ich beeilte mich zu ihr zu gelangen und rutsche fast aus. Ich hastete zu ihrer Tür, riss sie auf, griff Annas Arme und brüllte los, „Was zur Hölle hast du dir dabei gedacht? Du hättest sterben können!"

Sie war blass, blasser als ich sie je gesehen hatte und ihre Pupillen waren fast schwarz. Sie atmete schnell und ungleichmäßig, sicher eine Folge der unsanften Landung und des Sturms. Ich ließ sie los und legte meine Hände an ihre Wangen, ihrem Nacken, dass einzige Fleckchen Haut, dass ich erreichen konnte und streichelte ihre kalte, klamme Haut. Der Regen fiel an mir vorbei und ins Cockpit. Innerhalb von Sekunden war Anna durchnässt. Durch die Berührung beruhigte ich mich langsam wieder und hob ihr Gesicht zu mir und versuchte ihre vollen Lippen zu ignorieren.

„Geht es dir gut? Anna?"

Sie blinzelte, langsam, als wenn sie betäubt war, ehe ihr Blick scharf wurde und sich mit Feuer füllte. „Verdammt, was soll das, Jack. Du durchnässt mein Cockpit. Meine verdammten Instrumente sind klatschnass! Geht mir verdammt noch mal aus dem Weg." Sie schnallte sich los, stieg aus, schlug die Tür zu und ging zum Heck. Sie war sofort durchnässt.

Sie ignorierte das Wetter und untersuchte ihre Schwimmer, vermutlich auf

Schäden und ging dann zum Anker, der sich um einen der Schwimmer gewickelt hatte. Sie zögerte ein paar Sekunden und fiel fast ins Wasser, ehe ich sie ohne große Problem griff und zur Seite hob. Anne beschimpfte mich, aber ich tat so, als würde ich sie bei dem Sturm nicht hören. Ich löste die Kette mit einer Bewegung und sah zu, wie der Anker im Wasser versank.

Ich drehte mich zu ihr um und sah, dass sie den Frachtraum geöffnet hatte und Kühlboxen heraushob.

Sie versuchte noch immer mir meine verdammten Lebensmittel zu liefern!

Ich versuchte sie zur Seite zu schieben. „Beweg deinen Arsch rein, du Idiotin! Falls du es noch nicht gemerkt hast, hier ist ein Sturm und du bist komplett durchnässt. Beweg dich!" Ich war nur wenige Zentimeter von ihrem

Gesicht entfernt während ich sie anbrüllte und konnte sehen, wie sich ihr Kinn vor Trotz vorschob.

„Ich bin hier, um deinen Scheiß auszuliefern, Jack! Ich lasse es nicht verrotten, nur weil das Wetter schlecht ist." Sie griff um mich herum zur Kühlbox, aber ich stellte mich in den Weg. Ich schloss den Frachtraum, sicherte die Luke mit dem Riegel und drehte mich zu ihr um.

Sie war stinksauer und ihr erdbeerblondes Haar klebte auf ihren Wangen und ihrer Stirn. Mein Schwanz drückte gegen den nassen Stoff meiner Jeans und weil ich wusste, dass sie den ganzen Tag hier draußen im Sturm diskutieren würde, beugte ich mich mit meiner Schulter zu ihrem Bauch vor und warf sie über meine Schulter.

„Lass mich runter!" kreischte sie

und versuchte sich meinem Griff zu entwinden.

Ich ignorierte den Prostest, sondern beschleunigte meine Schritte, während ich zum Haus lief. Ihr Arsch hüpfte neben meinem Gesicht auf und ab und ich konnte spüren, wie ihre Titten gegen den nassen Stoff auf meinem Rücken rieben. Mein Schwanz wurde noch dicker und ich lief schneller. Ich wollte sie in meinem Haus haben. Ich träumte schon so lange davon sie in mein Haus zu bekommen, ihr die Klamotten auszuziehen und...

Das war nicht wirklich, was ich mir vorgestellt hatte.

Ich ging ins Haus und warf Anna eher plump auf das Sofa bevor ich raus ging, um die beiden Kühlboxen mit den Lebensmitteln zu holen, die für mich waren. Man konnte nicht wissen, wie lange wir hier festhingen und ich wollte nicht riskieren, dass auch nur ein kleiner Teil der Lebensmittel schlecht wurde.

Als ich alles verstaut hatte, saß sie zusammengekauert auf dem Sofa, kreidebleich. Sie hatte die Beine unter sich gezogen und starrte ins Leere. Ich wand mich zum Kamin und obwohl es August war machte ich ein Feuer an. Wir waren beide durchnässt und wenn mir kalt war, musste sie halb erfroren sein. Ich brauchte außerdem einen Moment um meine Erregung, die immer noch gegen meine nasse Jeans drückte, in den Griff zu bekommen. Es war nicht gerade hilfreich, dass ich ihren Kurven in den nassen Klamotten erkennen konnte. Auch nicht, dass ich ihre harten Nippel durch den nassen Stoff erkennen konnte.

Trug sie absichtlich keinen BH?

Als das Feuer im Kamin brannte, hörte ich, wie sie anfing sich hinter mir zu bewegen und mich verfluchte als sie aufstand. Ich musste grinsen, weil ich wusste, dass es ihr Ego verletzt hatte, als ich sie ins Haus getragen habe.

„Verdammt, ich kann nicht hier bleiben. Ich kann das nicht", sich sprach mit sich selber, während sie auf die verfickte Tür zustürmte. *Gott, sie war ein echter Dickschädel.* Ich ließ die Extraholzscheite wieder zurück in die Kiste fallen und rannte ihr zur Tür hinterher. Mein Körper überragte ihre schlanke Figur als ich meinen Arm ausstreckte, um sie davon abzuhalten die Tür zu öffnen. Es dauerte nur ein paar Sekunden um zu realisieren, dass sich mein gesamter Oberkörper an ihren Rücken presste, vom Arsch bis zu den

Schultern. Meine Brustmuskeln pressten gegen ihren Nacken, während meine Erregung sich eindeutig weiter unten an sie presste. *Scheiße.*

„Du kannst jetzt nicht fliegen", sagte ich.

„Ich bin doch nicht doof. Ich werde jetzt natürlich nicht fliegen, aber ich werde im Flugzeug warten, bis der Sturm vorbei ist", fuhr Anna mich an. Sie drehte sich zu mir um und wir erkannten beide, dass es ein Fehler gewesen war. Meine Erregung presste gegen ihren Bauch und wir beide mussten nach Luft schnappen. Sie trat zur Seite und ich lehnte mich mit dem Rücken an die Tür und tat so, als hätte mein Schwanz nicht versucht sich vorzudrängeln.

„Im Ernst, Jack, geh von der verdammten Tür weg!" Sie schubste mich, versuchte mich von der Tür wegzubekommen und rutsche in ihren nassen Schuhen aus. Ihr Arsch landete auf dem polierten Holzboden meiner Hütte und sie kam auf die Knie.

Irgendwie gefiel mir ihre Position, kniend und ihre vollen rosa Lippen nur Zentimeter von meinem Körper entfernt. Meinem Schwanz auch. Verdammt, er würde sich nicht so schnell beruhigen. Nicht so lange wie ich mir vorstellte, wie sie meine Jeans öffnete und ihn in die Hand und Mund nahm.

Ich ergriff ein Handgelenk und half ihr auf. Sie konnte nicht knien bleiben.

„Im Flugzeug sitzen, Anna? Ernsthaft? Warum zu Hölle willst du das tun, wenn ich hier ein einwandfreies Haus mit einem schönen warmen Feuer habe?"

Natürlich hatte ich jetzt, als sie

stand, einen besseren Blick auf ihre harten Nippel und fragte mich wie sie schmeckten, wie sie sich in meinem Mund anfühlten. Mein Knie wurden weich und das Pochen in meinem Schwanz brachte mich fast um. *Nur eine kleine Vorahnung auf ihre Nippel und ich verlor meinen Kopf...* Ich räusperte mich und zwang meine Augen nicht länger auf den Stoff auf ihrer Brust zu starren.

„Ich kann hier nicht bei dir bleiben?"

„Warum nicht?" Wut stieg in mir auf. „Denkst du, ich kann meine Hände nicht bei mir behalten? Hast du Angst vor mir?"

„Nein." Sie schüttelte den Kopf, trat einen Schritt zurück und hob ihren Kopf, um mir in die Augen zu sehen. „Sei nicht albern."

„Ich habe die Landung gesehen, du

bist fast dabei draufgegangen." Es war besser mit ihr zu schimpfen, als sie sich nackt vorzustellen ohne sie berühren und schmecken zu können."

Ich breitete meine Arme vor der Tür aus und sah sie genauso wütend an wie sie mich. Sie senkte den Blick und errötete, eindeutig enttäuscht, weil ich ihre nicht gerade perfekte Landung gesehen hatte.

„Du solltest es nicht sehen", murmelte Anna und wand mir den Rücken zu. Sie hinterließ bei jedem Schritt eine Pfütze, aber ich sah nur, wie ihre nasse Jeans an ihrem frechen, runden Arsch klebte.

"Ich habe sie gesehen und hatte eine Heidenangst. Du bleibst heute Nacht hier. Ende der Diskussion. Ich mach dein Flugzeug unbrauchbar, wenn es sein muss." Erleichtert darüber, dass sie anscheinend akzeptiert hatte, dass ich sie nicht in der eiskalten Blechdose, genannt Flugzeug, übernachten ließ, ging ich in die Küche und holte ein Handtuch. Als ich zurückkam, stand sie vor dem Kamin. „Hier, trockne dich ab, du ruinierst noch meinen Fußboden."

Sie schwang herum und sah zu ihren Stiefeln. „Du hast Angst um deinen Fußboden?" Sie warf mir das Handtuch zu und stürmte zur Tür. „Vergiss es. Du bist unmöglich. Ich warte im Flugzeug."

Ich stellte mich in den Weg, bevor sie auch nur drei Schritte gemacht hatte. „Ich bin mir nicht sicher, ob ich dir dafür den Hintern versohlen soll oder, weil du so fahrlässig mit deinem Leben umgehst." Ich war sauer und trat näher an Anna heran und war nur einen Hauch von ihrem Gesicht entfernt. Mein Blick bohrte sich in ihre grünen Augen und warnten sie davor, mir noch einmal zu widersprechen.

Sie hatte keine Ahnung wer ich war.

Ich war CEO eines Multimillonen-Unternehmens gewesen, hatte es für mehrere Millionen verkauft. Niemand widersprach mir in einer Art und Weise, wie sie es tat. Und etwas von ihrem Feuer erweckte etwas in mir zu neuem Leben. Zum ersten Mal seit ich Victoria und ihre Lügen hinter mir gelassen hatte, fühlte ich etwas anderes als Kälte oder Gleichgültigkeit. Die Gleichgültigkeit fiel von mir ab, als der temperamentvolle Rotschopf vor mir die Hände in die die Hüfte stemmte und mich wütend anfunkelte.

„Den Hintern versohlen?"

„Den Hintern versohlen", wiederholte ich und stellte mir ihren runden Arsch auf meinem Schoß vor. Ich würde natürlich mit ihrer Pussy spielen. Und sie nicht wirklich verhauen, nicht doll. Nur genug, um sie zum Stöhnen zu bringen und damit sie um mehr bettelte.

„Du bist komplett wahnsinnig, Jack Buchanan."

„Pass auf was du sagst, Ms. Jackson. Du hast keine Ahnung, also versuch gar nicht erst etwas zu verstehen."

„Also, wofür willst du großer, böser Neandertaler mir den Hintern versohlen? Dafür, dass ich meine Meinung sage?"

Ich grinste und betrachtete ihre Lippen. „Für deine große Klappe, ja. Wenn du mein wärest, würde ich dich nackt über meinen Schoß legen und mit dich mit einer Hand kommen lassen, während ich dir mit der anderen den Hintern versohlen." Meine Nasenflügel bebten, und ich beobachtete wie ihre Augen auf meine Lippen fielen. Sie trat einen Schritt zurück, konnte aber nicht mehr nachgeben. Ich sah es in ihrer Körperhaltung, in der Intensität ihres Blickes und mein ganzer Körper war voller Adrenalin, voller Lust, voller Verlangen all das Feuer zu erobern und mein zu machen.

„Du bist der hübsche Junge, der sein Leben nicht im Griff hat und sich vor der Welt im Wald versteckt. Du bist die Pussy, Jack. Und du hast Angst vor mir. Angst vor einer Frau, die lebt und auch mal etwas riskiert."

„Sein Leben in einem Sturm zu riskieren hat nichts mit Mut zu tun. Es war Selbstmord."

„Ich fliege, seit ich laufen kann. Ich weiß, was ich tue."

Jede Woche, wenn sie meine Lebensmittel lieferte, schmetterte sie meine Kommentare ab und machte sich über meine Holzhackkünste lustig, meine Unfähigkeit zu angeln. Ich war nicht aus Alaska, war nicht hier geboren und aufgewachsen, aber verdammt noch mal, für jemanden aus Seattle, der noch nie in der Wildnis gelebt hat, schlug ich mich verdammt gut. Ihre Kommentare basierten auf dieser Unsicherheit, dem Wissen, dass ich weder hier – noch Seattle – noch sonst wo hingehörte. Ich ging auf sie zu und folgte ihr, bis sie zwischen mir und der holzvertäfelten Wand gefangen war. „Hmm, nein. Du hast keine Ahnung was du tust."

„Fick dich." Ihre Augen waren

glasig und die Hände an ihren Seiten waren zu Fäusten zusammengeballt. Ihr nasses Shirt spannte sich über ihre harten Nippel und ich konnte mich gerade noch davon abhalten, mich vorzubeugen und diese kecken Perlen in den Mund zu nehmen. Ich beugte mich vor und inhalierte den Geruch von Regen und Frau. Ich lehnte mich vor und flüsterte in ihr Ohr und achtete darauf, dass meine Worte heiß und erregend waren.

„Nein, ich denke, *ich* werde *dich* ficken."

Sie taumelte gegen mich und ich war nicht sicher ob es mit Absicht geschah. In einer berechnenden Bewegung lehnte ich mich mit meinem Gewicht gegen sie und presste meinen Schwanz gegen ihre Hüfte. Sie schnappte nach Luft und sah mich an.

„Ich versteh dich nicht, Jack. Was willst du von mir?"

„Ich möchte deinen frechen Mund, Prinzessin, überall auf meinem Körper. Ich will dich ficken. Hier und jetzt."

Ich dachte, sie würde mir eine scheuern, *fest*, stattdessen riss Anna mir fast meine Haare aus als sie mich für einen Kuss zu sich heranzog. Es war kein vorsichtiger Kuss, es war ein Kuss mit monatelang angestauter Lust und jeder Menge Frust.

Unsere Münder glitten unsanft über einander und ich versuchte gar nicht erst sanft zu sein. Ich war *wild* und sie auch. Wir benahmen uns wie Tiere, rissen uns die Kleider vom Leib, zogen an den Haaren, krallten ins Fleisch. Wir bissen uns gegenseitig in die Lippen, während unsere Zungen aneinandergerieten und endlich, endlich bewegte ich meine Hände hinab, um ihr Flanellhemd aufzureißen. Die Knöpfe flogen durch das Zimmer, während ich ihr den Stoff vom Leib riss.

Jesus, kein BH. Ihr Busen war perfekt, eine Handvoll, fest und mit frechen hellrosa Perlen.

„Trägst du nie einen BH oder nur dann nicht, wenn du fliegst?" fragte ich und nahm die weichen Kugeln in meine Hände. Ihre haut war feucht und kalt, aber herrlich weich. Ich wollte meinen Kopf zwischen ihrem Busen versenken und sie einatmen. Ich wollte sie zusammenpressen und meinen Schwanz dazwischen reiben. Ich wollte auf ihrem blassen Fleisch kommen und sie markieren, besitzen.

Ihre Augen waren verschlossen und Ihr Kopf fiel zurück. Ich zwickte ihre Nippel und sie keuchte auf. „Sieh mich an. Ich will deine Augen sehen, wenn ich dich berühre."

Sie öffnete langsam ihre Augen, die eine dunkle, sturmgrüne Farbe angenommen hatten.

Ich ließ meine Hand an ihrer Taille hinabgleiten und öffnete ihre Jeans, schob sie von ihrer wohlgeformten Hüfte. Ich kniete vor ihr, um die Jeans abzustreifen. Ich verbrachte nur eine Sekunde damit, ihre blassen Beine, die hell in meiner Hütte leuchteten, zu betrachten. Ich griff hoch, und hakte meine Daumen unter ihren pinken Seidenslip. Langsam, unendlich langsam zog ich sie an ihren Beinen hinab und genoss jeden Moment. Als ich sie bis zu den Knöcheln hinuntergezogen hatte, sah ich den Körper einer Göttin hinauf während Anna über mir stand. Ich kniete zu ihren Füßen und spürte wie sich etwas in mir losgerissen hatte, etwas, das ich seit langem fest im Griff gehabt hatte.

Ich *wollte.*

Gott, ich wollte es...sie schon so lange.

Ich stand auf und Anna kam näher, um meine Hose aufzuknöpfen und hatte ebenfalls mit dem nassen Stoff zu kämpfen. *Tipp für die Zukunft: Trag keine Jeans, wenn du eine Rettungsaktion startest, die in wildem Sex enden könnte.*

Sie ließ einen Teil ihres Frustes, ihrer Begierde an meinen Hosen aus, aber sie hinterließ auch rote Streifen an meinen Oberschenkeln, wo ihre Fingernägel mich gekratzt haben. Es war mir egal. Ich wollte nur mit meinem Schwanz in sie hinein.

Ungeduldig half ich ihr dabei, mir meine restliche Kleidung vom Leib zu reißen. Kaum war ich aus meiner Hose und Boxershorts raus, fischte ich ein Kondom aus der nächsten Schublade, rollte es über und schob mich vor. Über sie. Um sie herum.

Gott sei mir gnädig, ich wollte *in* ihr sein. Ich griff mit meinen Händen in ihre nassen, dicken Locken, während ihre kleinen Hände nach meiner Hüfte griffen. Sie stand auf Zehenspitzen, um mich zu küssen und mir wurde bewusst, wie viel kleiner sie war. Wie weit oben an ihrem Bauch mein Schwanz war.

Sie war klein, so klein, dass ich sie wie eine Feder hochheben und in jeder Position ficken konnte, die mir in den Sinn kam.

Das würde geil werden.

Ich schob sie mit dem Rücken an die Wand und schütze ihren Kopf mit meiner riesigen Hand, damit sie ihn sich nicht zu sehr stoß. Sie sollte keine Kopfschmerzen bekommen, Ich wollte, dass ihre Pussy weh tat. Ein ganz anderer Körperteil.

Sie hob ihre Lippen an und wir küssten uns wieder stürmisch. Ich hob sie mit einer fließenden Bewegung an und, als wenn wir es geübt hätten, schlang sie ihre Beine um meine Hüfte. Ihre Pussy lag genau vor meinem Schwanz und wir stöhnten beide so laut, dass man es trotzdem des Windes und des Regens, der an die Fenster trommelte, hören konnte.

Ich ließ eine Hand in ihrem Haar, zog ihren Kopf zurück, während ich die andere von ihrer Schulter, über die kurvige Taille an ihren Arsch gleiten ließ. Ich griff fest zu, während ich sie für meinen Kuss in Position hielt. Dann ließ ich meine Hand weitergleiten, fühlte von hinten ihre weibliche Mitte und ließ zwei Finger langsam in sie gleiten.

Heiß. Nass. So verdammt perfekt.

„Jack." Sie jammerte meinen Namen und ihre Hüfte zuckte, als ich meine Finger in ihr bewegte. Mir gefiel der Klang meines Namens von ihren Lippen und ich wollte ihn noch einmal hören. Und noch einmal. Ich küsste ihre Wange, ihren Nacken, fickte sie mit meinen Fingern, bis sie ihre Schenkel anspannte und versuchte die Kontrolle zu übernehmen und meine Hand zu reiten.

„Du bist so verdammt feucht für mich, Anne," stöhnte ich an ihren Hals, während ich mich zu ihrem Ohr vorarbeitete. Ich knabberte an ihrem Ohrläppchen und sie wimmerte. „Ich will meinen Schwanz in dich gleiten lassen, dich ausfüllen. Dich in Besitz nehmen."

„Jack, hör auf zu reden. Fick mich einfach." Während sie versuchte ebenfalls mein Ohr zu erreichen, drückte sie ihren Rücken von der Wand ab. Diese Bewegung brachte ihre feuchte Hitze direkt an meine Schwanzspitze, der vor Vorfreude bei der Berührung zuckte.

„Dein Wunsch ist mir Befehl, Prinzessin." Ich nutze die Gelegenheit und senkte beide Hände an ihren Arsch, öffnete ihre Schamlippen und ließ sie mit einer fließenden Bewegung auf meinen Schwanz gleiten.

3

nna

Er ließ mich hinabgleiten und stieß hart und tief in mich, genauso wie ich es wollte. Die Größe seines Schwanzes überraschte mich. Ich stöhnte als er mich dehnte und ausfüllte wie niemand zuvor. Ich atmete zischend aus während Jack knurrte, es klang wild und besitzergreifend. Wir hielten still und ich bewegte meine Hüfte, um seinen Schwanz aufzunehmen, der viel zu groß gewesen wäre, wenn ich nicht so geil gewesen wäre. Wenn ich nicht so feucht für ihn gewesen wäre.

Warum er?

Sicher, er war groß und gutaussehend und viel zu kompliziert für ein Mädchen wie mich. Aber meinem Körper war das scheißegal. Mein Kopf hatte sich schon beim ersten Kuss verabschiedet. Aber diese Sehnsucht, dieses Verlangen? Dieses verzweifelte Verlangen danach, dass er mich ausfüllte, küsste? Sich bewegte. Gott, er musste sich *bewegen*.

„Gott, Jack. Beweg dich. Fick mich." Ich biss mit wortlosem Verlangen in seine Schulter. Er hat monatelang unterdrückte Lust, Sehnsucht, Verlangen zum Leben erweckt. Ich hungerte nach ihm, wie ein Tier, dass aus dem Winterschlaf erwachte. Ich brauchte ihn hart und schnell und heiß. Er hob seine Hand in mein Haar, zog daran bis ich ihm in die Augen sehen musste. Diese dominante Bewegung sorgte dafür, dass sich meine Pussy um ihn zusammenzog und ich wimmerte verloren.

„Du willst mich, Prinzessin? Du brauchst mehr?"

„Ja." Gott, ja. Beeil dich verdammt, ja.

Mein Körper war ein Verräter, dachte ich als ich mich Jacks erfahrenen Stößen hingab. Seine Hände waren kein Stück gnädiger als sein Schwanz und er nutze sie, um meinen Arsch anzuheben und mich wieder auf seinen Schwanz gleiten zu lassen. Ich würde hinterher Spuren haben, aber jetzt, Gott, es war so gut.

„Ich werde *dieses Mal* nicht sanft sein, Prinzessin. Halt dich gut fest," presste er hervor, als mir auf die Lippen biss und mich an seine Schultern klammerte, als wäre er das einzige in meiner Welt. Meine gesamte Existenz bestand aus seinem Geruch, seiner Hitze, seinen harten, heißen Stößen als er mich bis zur Schmerzgrenze ausfüllte. Ich klammerte mich fest, um nicht wegzufliegen. Ich hatte keine Kontrolle mehr und kämpfte um Luft.

Es dauerte einen Moment ich seine Worte in dem Nebel meiner Lust verarbeitet hatte. *Dieses Mal? Es würde nur dieses eine Mal geben.* Ich hatte kaum Zeit zu denken, ehe er wieder in mich stieß und alle Gedanken sich in Luft auflösten.

„Tu es, Jack", forderte ich ihn heraus als ich meine Finger tiefer in seine Schultern bohrte. Als Antwort spannte er seine Muskeln an, um seinen Schwanz schneller in mir zu bewegen. Seine Länge, das Gefühl, wenn sein Schwanz tief in mir an meine Gebärmutter stieß und seine Größe verschlugen mir die Sprache.

Ich ließ mich gehen und er sich auch. Es beobachtete mich, als wäre ich das einzige, was in seiner Welt existierte. Wenn ich mir auf meine Lippen biss, sah er mich. Wenn ich stöhnte, hörte er mich. Wenn ich meine Augen schloss, weil ich mich überwältig, gierig und gänzlich ohne Kontrolle fühlte, holte er mich zurück und verlangte, dass ich ihn ansah.

Er wollte mich besitzen, mich sehen. Ich habe mich noch nie so gefühlt, wie in diesem Moment, so als wäre ich der einzige Mensch auf der Erde, der zählte. Feuer brannte in seinen Augen, dominant und frustriert und besitzergreifend. Jedes unserer Gespräche kam an die Oberfläche als er mich an die Wand gestützt nahm und ich sah etwas zwischen uns, was ich vorher noch nicht gesehen hatte.

Über die Wochen und Monate hatte sich diese Spannung zwischen uns aufgebaut.

Ich hielt seinem Blick stand, nicht bereit wegzusehen während er mich fickte, seine schokoladenbraunen Augen glühten und sein Kiefer angespannt.

Jacks Schwanz stieß gnadenlos in mich und ich genoss seine Wildheit, sein grobes kaum kontrolliertes Wesen. Er war ein Mann, grob und fordernd und ich schmolz dahin, liebte es wie seine dominante und besitzergreifende Art mich fühlen ließ.

Gewollt. Sicher. Weiblich. Mächtig. Schön.

Es gab keinen Zweifel daran, dass mir morgen alles wehtun würde, aber es war mir egal. Ich hatte keine Ahnung, dass ich es grob mochte, aber mit Jack, war es…primitiv. Heiß. Perfekt.

Ich knabberte und saugte an seinem Nacken, seinen Lippen, seinem schönen, verdammten Kiefer. Ich beanspruchte ihn mit meinem Mund, während er mich mit seinem Schwanz beanspruchte. Ich überließ ihm meinen Körper, fast zu geschockt um zu glauben, dass diese raue, ungezähmte und fordernde Seite an ihm echt war.

Als ob er meine Gedanken gelesen hätte, lachte Jack zwischen seinen Stößen. „Das hättest du nicht von einem Stadtjungen erwartet, oder Prinzessin?"

Jedes Wort wurde von einem Stoß begleitet. Ich hielt seinem Blick für einen kurzen Moment stand, ehe ich die Augen schloss und stöhnte. Mir war es egal, ob er es hörte, ob er wusste, was er mir antat. Ich konnte meine Reaktion darauf nicht verstecken. Er konnte mich nicht nur sehen, meine wahres Ich, sondern auch fühlen, wie sich meine Pussy um ihn zusammenzog.

Jacks Stöße ließen mich fast sofort kommen, aber ich bog meinen Rücken durch und rieb mit meiner Klit über seine festen Bauchmuskeln. Er hob meine Knie über seine Arme und öffnete mich noch weiter, schob mich gegen die Wand, so dass er mit seinem Körper gegen meinen reiben konnte.

Ich war kurz davor zu kommen und

sein Stöhnen ließ meinen Körper vibrieren und in meinem Kopf drehte sich alles. Es war zu erotisch, zu ehrlich. Er klang wie ein Mann, der es kaum noch aushielt und das war verdammt heiß. Meine Nägel krallten sich in seine Schultern, seinen Rücken, seinen Nacken und in seine Haare.

„Mehr", fordert ich.

Seine großen rauen Hände glitten zu meinem Nippel und er zog fest daran, während ich an der Wand nach Halt suchte. Ja, das war das *Mehr*, was ich wollte.

Alles erreichte die kritische Masse und mein Rücken wurde an der Wand gerade. Die Bewegung schob Jack zurück, so dass er mich weiter unten an meiner Hüfte halten musste. Genau in dem Moment spürte ich, dass Jack durch die neue Position an meinen G-

Punkt kam. Er stieß gegen den empfindlichen Punkt und mein Stöhnen und Schreien war nur noch unverständlich. Während ich jede Kontrolle verlor, versuchten meine Nägel Halt in seinen Brustmuskeln und Oberarmen zu finden. Ich verlor mich in einer Spirale der Erlösung, die ich nicht stoppen konnte.

Jacks Stöhnen warnte mich, dass das Zucken meiner Pussy und meine zusammenhangslosen Schreie ihn zu seiner Erlösung führten. Meine inneren Muskeln zogen sich wieder und wieder zusammen und zogen ihn tief in mich, wo ich ihn förmlich zu seinem Orgasmus melkte. Als seine Stirn auf meine Brust fiel, musste er an der Wand nach Halt suchen. Er fickte mich noch schneller, traf meinen G-Punkt, rieb meine Klit mit seinem harten

Körper und wir kamen gemeinsam in einem Durcheinander aus Schreien und Stöhnen. Jacks Schwanz stieß so fest zu, dass mein empfindliches Fleisch begeistert reagierte und mein Orgasmus anhielt. Er verteilte sanfte Küsse auf meiner Brust, meinen empfindlichen Nippeln, in dem Tal zwischen meinen Brüsten, während er mich ausfüllte, mehr kam, als ich erwartet hatte. Ich seufzte tief und zufrieden auf und zeigte Jack, wie befriedigt ich war. Normalerweise hätte ich mich darüber geärgert, dass ich ihm alles zeigte, aber es ging ihm genauso.

Ich musste lächeln und legte meine Arme um seinen Hals, um an sein Ohr zu gelangen. „Nun, das war eine Überraschung."

Er schmunzelte, als er seine Hände ein letztes Mal an meine Hüfte legte. Er hob mich von seinem Schwanz, aber meine Pussy wehrte sich und zog sich um ihn zusammen. Wir stöhnten beide und als er mich von seinem Schwanz hob Ich fühlte mich leer und...immernoch geil.

Wie konnte ich hiernach noch mehr Sex wollen?

Als er mich abgesetzt hatte starrten wir uns gegenseitig an. Er hatte sich ausgezogen und ich hatte mir nicht einmal die Zeit genommen ihn anzusehen. Junge, der Anblick lohnte sich. Seine Brustmuskeln passten zu seinem Sixpack. Seine Oberschenkel waren dick und stark. Ich wollte mich wie eine schnurrende Katze an ihm reiben, aber stattdessen lehnte ich mich an die kalte Wand und hielt still. Ich hatte diese männlichen Muskeln gespürt, die so anders als meine weiblichen Kurven waren. Sein Körper war an vielen Stellen das Gegenteil von meinem und jeder Unterschied turnte mich an. Während ich gedacht hatte, dass Jack weich und schwach war, war er in Wirklichkeit stark und kontrolliert. Er hatte mir eine Seite von sich gezeigt, die ich nicht erwartet hatte, aber von der ich mehr sehen wollte. Ich erwachte aus meinen Gedanken, als ich merkte, dass Jack mich ebenfalls anstarrte. Sein Blick liebkoste mein Gesicht, meinen Busen, meinen Bauch, meine Hüfte… meine Scham. Ich spürte, wie sie sich erneut zusammenzog und starrte seinen steifen Schwanz an, der noch immer in dem sehr vollen Kondom steckte. Als könnte er meine Gedanken lesen, strich er es ab und war es in einen kleinen Mülleimer unter dem Couchtisch.

Ich hatte ihn gefickt und wir hatten es nicht einmal aus dem Wohnzimmer geschafft.

War er jetzt ein Genie oder ich eine Schlampe?

Mit Blick auf seinen Körper entschied ich mich für Genie und erzählte dem *guten Mädchen,* es solle die Klappe halten. Gute Mädchen hatten niemals diese Art Spaß. *Gute Mädchen* hatte keine Chance, Jack Buchanan zu ficken.

Jack räusperte sich und seine dunkelbrauen Augen trafen meine. Es war nicht der wütende Blick, den ich normalerweise gewohnt war. Jetzt sah ich Intensität, Verlangen, Sehnsucht...nach mir. Meine Knie wurden weich. Er ging langsam um mich herum und streift dabei mit einem Arm über meine Haut. Als er hinter mir war gab er mir einen Klapps auf den Hintern. Ich hörte ein zufriedenes Brummen und ich wusste ihm gefiel, was er sah.

„Das war dafür, dass du mir eine Heidenangst eingejagt hast."

Als nächstes glitt sein Finger zwischen meine Schenkel und durch die Nässe, die mich immernoch bedeckte. „Nächstes Mal wird es nicht so schnell gehen", flüsterte er in mein Ohr und jagte mir einen Schauer über den Rücken. „Ich werde jeden Zentimeter deines verdammt schönen Körpers erforschen und dann lasse ich dich noch doller kommen. Einmal war nicht genug. Dann, wenn ich dich von Kopf bis Fuß verinnerlicht habe, werde ich ein wenig Spaß haben."

Zum ersten Mal in meinem Leben hatte es mir die Sprache verschlagen. Ich war stumm wie ein Fisch. Mein Mund klappte auf und zu und ich versuchte einen Satz zu formen. Jack lachte auf, klang leicht und unbekümmert, als er sanft meine Hand ergriff und mich in sein Schlafzimmer führte. Ich war gerade noch in der Lage die dunklen Holzwände, das weiche Sofa und das riesige Panoramafenster zu registrieren. Ich war zu perplex, um zu reden und denken ging noch weniger, als er mich sanft küsste.

Sanft? Ok, mit grob und wild konnte ich umgehen, aber Jack und sanft? Ich wusste nicht, was ich denken sollte, aber ich konnte nicht wiederstehen.

Er schob mich sanft auf die weiche Tagesdecke und der sturmgraue Himmel war gerade hell genug, um zu beobachten, wie Jack um das Bett pirschte, wie ein wildes Tier auf der Jagd.

Heilige Scheiße, er war muskulös. Und der Schwanz? Der hatte in mich gepasst? Er kniete sich mit einem Knie auf das Bett und beugte sich über mich und verteilte Küsse auf meinen Lippen, meinem Kinn, meinem Hals. Seine Hände glitten über meinen Bauch, meine Arme, meine Oberschenkel und seine Erkundigungsreise erregte mich. Alle meine Nervenenden waren durch unseren wilden Sex im Wohnzimmer wach und dankbar für jede Aufmerksamkeit von seinem Mund oder seinen Händen.

„Hmmm", überlegte Jack. "Wo soll ich anfangen?" flüsterte er und knabberte an meiner Hüfte. Er küsste eine Spur zu meiner Mitte und ich schnappte nach Luft als seine Zunge über meine Falten glitt.

„Mmm", stöhnte er an mein empfindliches Fleisch. „Ich glaube, es ist egal wo ich anfange", neckte er mich und unsere Blicke trafen sich. Er warf mir ein verruchtes Lächeln zu, ehe er seinen Kopf senkte und mein Kopf in die Kissen fiel und alle bewussten Gedanken waren wie weggefegt, während er mich mit seiner Zunge und seinen Fingern wieder und wieder kommen ließ.

4

nna

Ich wachte mit einem Mal auf. Die Erinnerung überkam mich, ehe ich meine Augen ganz geöffnet hatte.

Ich hatte mit Jack Buchanan geschlafen! Ich bin eine verdammte Idiotin!

Ich setzte mich auf und das Laken rutschte von meinem nackten Körper.

Meine Nippel waren hart und fühlten sich wund an. Ich fühlte mich...gefickt. Geschwollen. Wund und immer noch ein wenig geil. *Ordentlich durchgefickt*, wie Jack es letzte Nacht genannt hatte.

Ich musste weg. Ich musste verdammt noch mal raus aus Jacks Bett. Ich musste verdammt noch mal raus aus Alaska. Die letzte Nacht mit Jack war eine einmalige Sache, ein Fehler. Ich musste hier weg, ehe etwas in Gang kam, was ich nicht geplant hatte. Die Orgasmen, die er mir verpasst hatte. Ja, an die könnte ich mich gewöhnen. Der Mann selber war etwas, wonach man süchtig werde konnte. Er war kein Arsch. Er war nur Jack, der heiße Typ, der im Bett sowohl wild als auch zärtlich war. Aufmerksam. Kreativ. Der darauf achtete, dass ich zuerst kam...

jedes Mal. Ich hatte keine Ahnung gehabt, dass man so vielen Positionen – und Oberflächen – für Sex nutzen konnte.

Er lag auf dem Rücken, ein Arm über seinem Kopf. Schlafend war er für mich nicht so gefährlich, aber wenn er aufwachte, wenn sich seine dunklen Augen öffneten, hielten sie mich gefangen.

Scheiße.

Ich sah mich am Bett nach meinen Klamotten um, aber sie waren nirgends zu sehen. Vorsichtig stieg ich aus dem Bett. Ich wollte ihn auf keinen Fall aufwecken. Der Sturm hatte sich im Laufe der Nacht gelegt und es dämmert klar. Draußen sangen die Vögel und seine dünnen Vorhänge filterten das Licht. Ich musste zum Flugzeug und Jack mit seinem unglaublichen Schwanz hinter mir lassen.

Wenn Jack ein Superheld wäre, wäre Sex seine Superkraft. Und ich hatte keine Chance diesen Krieg zu gewinnen. Mein Körper verzehrte sich nach ihm, immer noch. Schlimmer, mein Herz zerbrach fast, als ich seinen Bartschatten betrachtete und mich daran erinnerte, wie er meinen Blick gefangen gehalten hatte, während er mir dunkle, erotische Versprechen zugeflüstert hatte. Jack mochte es zu reden, mir all die frechen, kleinen Dinge zuzuflüstern, die er mit meinem Körper machen wollte.

Die Erwartung war fast schlimmer als die Erlösung. Er hatte mich letzte Nacht so sehr erregt, dass er nur über meine Klit pusten musste und schon kam ich schreiend, ich schrie seinen Namen wie eine Wilde.

Ja. Das einzige was ich machen konnte, um nicht verrückt zu werden, war wegzulaufen wie ein Feigling.

Ich sah durch die offene Schlafzimmertür und entdeckte sein Hemd auf dem Fußboden im Wohnzimmer und schlich dorthin. Mein Hemd lag ein paar Schritte weiter, zerknittert und nass und ohne Knöpfe. Ich schlüpfte in Jacks Hemd und knöpfte es zu. Ich sammelte meine nassen Socken auf, zog meine nasse Jeans an und schlüpfte in meine Stiefel. Alles war ekelig nass, aber ich musste nur bis nach Hause kommen. Ich wartete auf Jacks Stimme oder seine Schritte aus dem Schlafzimmer, aber ich hört nichts. Ich ging zur Tür, drehte am Knauf und betete, dass er es nicht hören würde.

Während ich zur Südseite schlich und zum Waldrand lief, fühlte ich einen Stich in der Brust, ich fühlte mich schuldig wegen meiner Flucht.

Er hatte es nicht verdient, alleine in dem Kingsize-Bett aufzuwachen. Er war letzte Nacht großartig gewesen.

Gedanken wirbelten durch meinen Kopf und ich erinnerte mich an das Gefühl von Jacks heißem Atem in meinem Nacken als er mich von hinten nahm. Er hatte sein Versprechen gehalten, er hatte jeden Zentimeter meines Körpers bearbeitet ehe er mir seinen Schwanz gegeben hatte, um den ich am Ende gebettelte hatte. Seine männlichen, rauen Hände hatten meine Hüfte gehalten, während er mit seinem Schwanz in mich stieß und ich noch einmal kam. Und noch einmal. Zu dem Zeitpunkt habe ich nicht mehr mitgezählt, etwas, dass mir noch nie zuvor mit einem Mann passiert war, weil es nicht schwer war bis Null, und manchmal bis Eins, zu zählen.

Ich folgte dem Pfad durch die Bäume und näherte mich dem Wasser, aber in Gedanken war ich immer noch in der Hütte. Ich erinnerte mich an das Gefühl von Jacks Bartstoppeln auf meiner Haut. Mein Atem stockte und ich stolperte über eine Wurzel als ich daran dachte, wie er an meinen Schenkelinneren geknabbert hatte. Irgendwann zwischendurch hatte er geflüstert: „Ich werde mich gut um dich kümmern, Baby. Dieses Mal geht es nur um dich", während sein Mund auf meiner Pussy lag. Er hielt mich fest an sich gedrückt, während ich vor Erregung zuckte und vollständig die Kontrolle verlor. Ich musste stöhnen, als ich daran dachte und meine Knie wurden bei der Erinnerung and das Vergnügen, das er mir bereitet hatte, weich.

Meine Mitte zog sich zusammen, als ich an Jacks Mund auf mir dachte.

Das ist genau der Grund, warum ich hier weg muss, rief ich mich zur Ordnung und ging schneller.

Ich achtete mit einem Auge auf die Hütte und hoffte Jack öffnete nicht die Tür, nur um mich zwischen den Bäumen zu entdecken. Als ich endlich weit genug von der Hütte entfernt war, huschte ich auf das Dock und achtete weiter auf Anzeichen von Leben hinter mir. Erleichtert atmete auf, drehte mich Richtung Flugzeug und rannte direkt in Jack.

„Und wo willst du hin, Ms. Jackson?" fragte er. Sein Gesicht wirkte wie aus Stein gemeißelt und ich war nicht sicher, ob er wütend, verletzt oder einfach nur ein Arschloch war.

Ich richtete mich auf und starrte ihn an, um meine Verlegenheit zu kaschieren. Er trug eine niedrigsitzende Jeans, sonst nichts, weshalb seine gebräunte Haut in der Sonne glänzte. Ich fühlte mich neben ihm schmuddelig in meinen nassen Klamotten und den quietschenden Stiefeln. Peinlicher konnte es nicht werden. Niemals.

„Wo kommst du denn her?" platze ich heraus. *Echt einfallsreich, Anna.* Ich trat um ihn herum, um mein Flugzeug zu betrachten. Ich vergaß Jack für einen Moment als ich im klaren Licht der Sonne den ganzen Schaden ausmachen konnte. Der rechte Schwimmkörper war böse eingedrückt, so dass mein armes Baby

Schieflage hatte und nur gerade noch schwamm. *Scheiße.* Es war absolut unmöglich mit diesem Schwimmkörper abzuheben oder zu landen. Jack räusperte ich und ich wand mich wieder ihm zu.

„Aus meinem Bett, wo du vor fünf Minuten auch noch gewesen bist." Er starrte mich an und forderte mich heraus zu antworten. „Wo du auch noch sein solltest."

„Ich kann nicht hierbleiben, Jack." Ich hatte weder die Zeit, noch die Geduld es ihm zu erklären. Er war zu gefährlich. Er war mein persönliches Kryptonit und wenn ich bei ihm bleiben würde, falls er fragte, ich würde *bleiben.* In Alaska. Hier. In der Wildnis.

„Nun, du kommst jetzt aber auch nicht von hier weg. Es sieht so aus, als ob der eine Schwimmkörper bei deiner

Bruchlandung gestern fast abgerissen ist", sagte er, nachdem er mein Flugzeug betrachtet hatte. „Wer weiß, was sonst noch kaputt ist."

Mein Herz schlug heftig, als ich mich an die knappe Landung erinnerte. Ich wusste, ich hatte Glück gehabt. Es hätte viel schlimmer ausgehen können, aber es wurmte mich, das Jack meine „Arschbombe" wie er es nannte, gesehen hatte. Es machte mich wütend und ich wehrte mich. Ich hatte überlebt. Jede Landung war eine gute Landung, oder?

„Könntest du in so einem Sturm ein Wasserflugzeug landen? Kannst du überhaupt fliegen, Stadtjunge? Nein? Damit habe ich auch nicht gerechnet", fuhr ich ihn an und konnte mir gerade so verkneifen, ihn in die Eier zu treten, aber dann erinnerte ich mich, was er damit machen konnte.

Ich schob ihn zur Seite, um den Schaden genauer zu betrachten und stöhnte.

Jack sah neugierig an mir vorbei zum Schwimmkörper. „Ich bin zwar kein Pilot, aber ich glaube, es sieht ein wenig kaputt aus." Er sagte es unschuldig genug, aber es brachte mein Fass zum Überlaufen.

„Du *glaubst*, Jack? Nein, ohne meinen Schwimmkörper kann ich mit keinem Wasserflugzeug starten oder landen! Ich muss einen anderen Piloten anrufen, damit er mir Ersatzteile liefert. Bis dahin hänge ich hier fest."

„Ich habe schon ein paar Ideen, wie wir uns die Zeit vertreiben können."

Ich konnte die Grübchen über seinem sexy Arsch bei seiner tiefsitzenden Jeans nicht übersehen. Oder die Kratzer auf seiner Haut. *Kratzer, die ich hinterlassen hatte.*

„Und du siehst in meinem Hemd zum Anbeißen aus."

Er war sexy. Unwiderstehlich. Und in sein Hemd konnte ich die Wärme spüren und seinen Geruch in der leichten Morgenbrise riechen.

„Nein", ich schüttelte den Kopf. „Nein, nein, nein, *nein*. Es sollte nur eine Nacht sein. Das war alles:"

Er zuckte mit den Schultern und schmunzelte. „Ich kann dich in die Stadt fahren und wir sehen nach, ob es ein Ersatzteil gibt. Die Chancen stehen nicht schlecht. Oder du kannst es bestellen. Egal, wie du es drehst und wendest, das hier- " er wedelte mit der Hand zwischen uns hin und her „ist mehr als nur eine Nacht, Prinzessin. Frag mal deine Pussy. Sie weiß es."

Ich hätte fast losgelacht, aber ich war zu wütend. Ich wusste nicht, was ich von *mehr als nur eine Nacht* halten sollte, also blieb ich geschockt und ohne Worte auf dem Dock zurück, während er durch die Bäume zurückging.

Ich folgte ihm, weil ich wusste, dass es Zeitverschwendung wäre, wenn ich hier auf dem Dock bleiben würde. Eine Nacht. Eine. Warum wurden meine Nippel bei dem Gedanken nach mehr hart? Ich versuchte zu vergessen, wie sich seine Bartstoppel letzte Nacht an meiner Brust angefühlt hatten. Oder wie er zum dritten Mal gekommen war, der Kiefer zusammengebissen und die Augen verschlossen. Wie er mich zum Lachen gebracht hatte, als er mich hochgehoben hatte, damit ich ihn wie ein Cowgirl ritt. Oder wie wir uns hinterher angelächelt haben und dann eingeschlafen waren.

Nein. Ich werde nicht mehr daran denken.

5

ack

D‍IE F‍AHRT in die Stadt war angespannt, um es neutral auszudrücken. Ich wollte Anna den Arsch verhauen, weil sie versucht hatte sich wegzuschleichen. *Was zu Hölle sollte das? Wir hatten eine geile Nacht miteinander und sie versuchte abzuhauen ohne sich zu verabschieden?*

Während ich mich am Lenkrad festhielt, drifteten meine Gedanken zur letzten Nacht, zu meinen drei unglaublichen Orgasmen. Ich hatte irgendwann aufgehört, ihre zu zählen und ich versuchte auch nicht, meinen primitiven Machostolz zu unterdrücken, weil ich wusste, dass ihr Körper mir komplett gehorchte, ich konnte sie wieder und wieder kommen lassen, bis sie mir alles gab. Sie passte perfekt zu mir. Wir waren *gut* zusammen und das überraschte mich wirklich.

Sicher, die Spannungen der letzten Monate zwischen uns war keine Wut, sondern Chemie, und letzte Nacht ist alles rausgekommen. Zwischen uns gab es etwas und das war mehr als nur Sex.

Sie hat versucht abzuhauen, Arschloch.

Die Kleider waren getrocknet, aber ihr Hemd konnte ich nicht retten und ich wollte auch nicht. Es gefiel mir, dass sie mein Hemd trug.

Ich hatte versucht mich heute Morgen mit Kaffeekochen und Frühstück zubereiten abzulenken, aber sie war wie Licht und ich die Motte. Ich konnte nicht aufhören sie zu wollen. Auch jetzt, mit dem Wissen, dass ihre Pantys in meinem Trockner waren und sie keinen BH trug, beobachtete ich aus dem Augenwinkel, wie ihr Busen wippte, während ich die holprige Straße in die Stadt fuhr.

Hatte sie eine Ahnung, was für eine Wirkung sie auf mich hatte?

Nach ein paar Minuten lehnte Anna sich zurück und holte tief Luft. „Es tut mir leid, dass ich heute versucht habe abzuhauen, ohne mich zu verabschieden. Es ist...kompliziert. Ich will keine Beziehung. Ich kann nichts gebrauchen, was mich davon abhält, aus Alaska rauszukommen. Nimm es nicht persönlich", sagte sie mit einem Blick in meine Richtung. Ich horchte auf. *Aus Alaska rauskommen.*

„Wo willst du hin, wenn du Alaska verlässt? Hast du hier keine Familie?" fragte ich, und richtete meine Augen auf die schlaglochzerfressene Straße vor mir.

„Nein, mein Vater ist letztes Jahr gestorben," murmelte Anna traurig. „Ich dachte, du weißt, dass er vor mir die Lieferungen gemacht hat. Abgesehen von unserem Haus, habe ich nichts, was mich hier oben hält. Ich versuche es zu verkaufen, aber es gab noch keine Interessenten. So wie ich es verkauft habe, bin ich weg", erzählte sie und sah auf ihre verschränkten Finger.

„Das mit deinem Vater habe ich

nicht gewusst. Es tut mir leid", sagte ich und ließ die Stille zwischen uns zu.

„Danke", sagte sie und den Rest der Fahrt verbrachten wir beide in angenehmem Schweigen. Meine Gedanken hörten aber nicht auf darum zu kreisen, dass diese feurige, wunderschöne Frau Alaska verlassen wollte. Mich verlassen wollte und sich kopfüber in das Chaos und den Lärm stürzen wollte, die ich letztes Jahr hinter mir gelassen hatte.

Alaska, meine Hütte mitten in der Wildnis, war zu meinem Zuhause geworden. Ich versuchte, erfolglos, die leidenschaftliche Frau neben mir zu ignorieren und fragte mich, wie lange es noch mein Zuhause wäre, wenn sie Alaska und mich hinter sich gelassen hatte.

Als wir am Laden ankamen, stürmte Anna aufgeregt hinein, meine Kleidung umgekrempelt und auf eigene Art zauberhaft. *Sie war pflegeleicht,* dachte ich, als ich hinter ihr herlief. Ich musste an Victoria denken, an ihre manikürten Nägel und ewiges Haare stylen. Zu den Handtaschen, die tausende Dollar kosteten, der Babybettwäsche. An das Baby.

Nein! Denk nicht daran, Buchanan. Konzentrier dich.

Ich schüttelte die Erinnerung und den Schmerz, der damit einherging, ab und sah mich im Laden um.

Ich griff nach einem Korb und ging den ersten Gang entlang. Ich griff nach ein paar Dingen, die ich brauchte und für die ich Anna nicht fürs rausfliegen bezahlen musste. Erdnussbutter, Klopapier, Zeitschriften, das übliche. Ich hatte nicht gewusst, wie langweilig Alaska war, bis ich ein paar Monate hier gewohnt hatte. Jetzt würde ich nicht wieder eine gute Zeitschrift ignorieren.

Ich hörte Annas Stimme klar und deutlich vom Tresen. Sie sprach freundlich und so, als wenn sie die Person kennen würde. Als ich näher, kam hörte ich, wie sie sich bei dem Verkäufer nach seiner Arthritis erkundigte. Der ältere Mann fragte ebenfalls ein paar Fragen und sie redeten ein wenig über andere Bewohner des Ortes.

Als ich am Tresen wieder ankam hatte ich nur eine weitere Sache in den Einkaufskorb getan und lächelte in Erwartung auf Annas Reaktion. Sie drehte sich um und beobachtete wie ich näherkam. Ihr Blick glitt von meinen Stiefeln zu meinen Unterarmen mit den hochgerollten Ärmeln. Er pausierte an den richtigen Stellen und als ihr Blick auf meinen traf grinste ich, damit sie wusste, dass es mir aufgefallen war.

„Und? Glück gehabt?", fragte ich und lehnte mich an den Tresen. Der Verkäufer lächelte mich freundlich an, ein alter Mann mit wettergegerbter Haut. „Es tut mir leid, Sir, aber wir haben den Schwimmkörper, den sie für ihren Flieger braucht nicht verfügbar. Er muss aus Anchorage geliefert werden, und das dauert einige Tage."

Anne stöhnte auf, eindeutig unzufrieden mit dieser Entwicklung. Ich bis mir auf die Lippen, um nicht zu lächeln, versagte aber kläglich.

„Es sieht so aus, als ob wir diese Woche miteinander verbringen würden, Ms. Jackson. Gibt es etwas was Sie benötigen? Ich habe das nötigste, aber Sie können gerne noch mehr aussuchen." Wie auf Kommando sah Anna in den Korb, wo ihr Blick auf die große Packung Kondome fiel, die ich ganz nach oben gelegt hatte. Sie verdrehte die Augen und machte ein wenig ladylikes Geräusch. Ich schmunzelte als sie den Gang mit den Lebensmitteln entlangstürmte und legte meinen Einkauf auf den Tresen.

Als wir die Tüten mit unseren Einkäufen ins Auto luden, konnte ich Annas Magen knurren hören. Ich schimpfte mit mir selber als ich mich erinnerte, wie wenig sie gegessen hatte. Ich hatte Frühstück gemacht, aber sie hatte nur ein wenig Toastbrot geknabbert. Sie hat sich nicht beschwert, aber es war auch nicht ihre Art. Sie war eine Herausforderung, ein Rätsel, das ich Stück für Stück lösen musste bis sie mir vertraute.

Ich wollte ihr Vertrauen. Ich wollte, dass sie sich sicher genug fühlte, um sich zu beschweren, zu schimpfen und zu weinen, aber ich wusste, ich musste mir diesen Platz in ihrem Leben erst einmal verdienen. Victoria hatte mir alles auf einem Silbertablett präsentiert und ich hatte geglaubt, sie liebte mich. Aber jetzt war ich klüger und wusste, dass man das Herz einer Frau verdienen musste.

Mein Magen meldete sich ebenfalls, als ich mich zu ihr umdrehte.

„Wir sollten einen Stopp im Café machen und etwas essen, ehe wir uns auf den Rückweg machen."

Sie nickte und wir gingen Seite an Seite in das einzige Etablissement, dass in diesem Kaff an ein Restaurant erinnerte. Es gab nur eine kleine Auswahl, aber alles war ausgezeichnet. Als ich das erste Mal hier gewesen bin habe ich erfahren, dass es nie Rindfleisch gab. Manchmal war es Karibu, manchmal Elch. Als wir eintraten, drehten sich alle zu uns um und als sie Anna sahen, erkundigten sich mehrere danach, wie es ihr ging. Nicht mir. Ihr.

Anna beantwortete ihre Fragen anstandslos, mit Scherzen und kleinen

Frotzeleien. Ich fühlte einen leichten Stich im Herzen, als ich sie zwischen all diesen Menschen sah, die sich offensichtlich um sie sorgten. Und Anna sorgte sich ebenfalls um sie.

Warum wollte sie hier weg?

Sie fragte alle, wie es den Partnern, Kindern und Enkeln ging und was die Gesundheit machte. Das ganze Café unterhielt sich, als wir uns an unseren Tisch setzten und ich fühlte, wieder einmal, das Gefühl von Gemeinschaft, Freundschaft. Ich war schon vorher hier gewesen, aber ich gehörte nicht dazu und wurde nicht so freundlich begrüßt. Bis heute nicht. Es ist lange her, dass ich unter Menschen gewesen bin, vor allem in einer Gruppe Menschen, die sich wirklich um einander sorgte. Ich vermisste es und das erstaunte mich wirklich.

Ich habe Jahre in Konferenzräumen verbracht, Teams aufgebaut und scheinbar unmögliche Aufgaben gemeistert. Ich liebte es, etwas aus dem Nichts aufzubauen. Und ich ließ es zu, dass eine einzige Frau, eine Frau, die ich – wie ich jetzt erkannte – kaum kannte, mich zerstörte und mich an mir selber zweifeln ließ

Mit Anna hatte ich gar nicht erst die Zeit an mir zu zweifeln. Mit ihr war ich ungehemmt, spontan und ein wenig außer Kontrolle. Mit ihr fühlte ich mich lebendig und sie forderte mich auf eine Art und Weise, wie Victoria es nie getan hatte.

Ich versank in Gedanken, währen Anna einer älteren Dame versprach, dabei zu helfen ein paar Möbel umzustellen, wenn sie ihr das nächste Mal etwas lieferte. Dann erzählte ein alter

Mann im ganzen Café davon, dass ein paar Männer am Wochenende zuvor ein Dach gedeckt hatten. Es lebten nur wenige Menschen in dieser Stadt und trotzdem halfen sie sich gegenseitig, wo es ging.

War es in Seattle auch so? Hatte ich es einfach nur vergessen?

Der Nebel, der sich auf meine Gefühle gelegt hatte, löste sich auf, so als ob das Bedürfnis nach Einsamkeit abnahm, als ich mit dieser Frau und ihren Nachbaren zusammensaß. Ein wenig von meinem Elan, von dem ich dachte, dass Victoria ihn mir genommen hatte, kam wieder hervor, als ich die freundliche und hilfsbereite Atmosphäre zwischen diesen Menschen in mir aufsog.

Anna wandte sich von ihren Freunden und Nachbarn ab und wieder zu mir. Mir stockte der Atem, als der Blick ihrer grünen Augen auf mich fiel. Sie lächelte kurz und bestellte dann für uns beide.

„Was?", fragte sie, als ich sie weiter anstarrte. „Magst du keine Caribou-Hotdogs?"

Ich zuckte mit den Schultern. „Nie probiert."

Sie grinste, zog eine weiße Serviette aus dem Spender und legte sie auf den Tisch neben Salz- und Pfefferstreuer. „Du wirst sie lieben. Es ist mein Lieblingsessen."

In meinem alten Leben hätte niemals eine Frau für mich Essen bestellt. In diesem Leben begann ich zu erkennen, dass man Annas impulsivem Verhalten nicht entkommen konnte. Sie war absolut unvorhersehbar und ich liebte es. Mir ihr fühlte ich mich lebendig, ganz.

„Warum willst du Alaska verlassen? Wirst du es nicht vermissen?", fragte ich. Vielleicht war ein Diner voller Freunde nicht der beste Ort zum Fragen, aber ich wollte es wissen. Warum wollte sie alle, die sie kannte und liebte verlassen?

Ich wusste, warum ich Seattle verlassen hatte, aber Anne? Sie war anders. Sie gehörte dazu. Diese Menschen waren nicht nur Bekannte oder Angestellte, es waren Freunde und Nachbarn. Familie. Sie kümmerten sich um Anna.

Sie brauchte einen Moment, um sich zu sammeln und wartete mit der Antwort, bis die Serviererin unsere Getränke abgestellt hatte.

„Als ich vier war, ist meine Mutter bei einem Unfall mit dem Schneemobil ums Leben gekommen. Ich kann mich nicht wirklich an sie erinnern, aber mein Vater war verrückt nach ihr gewesen. Nach ihrem Tod sind wir gemeinsam geflogen und haben Post und Waren ausgeliefert. Er hat mir beigebracht zu fliegen und das Flugzeug an deinem Dock ist seins. Er ist, wie gesagt, vor einem Jahr gestorben. Einfach im Schlaf. Der Doktor meinte es war ein Herzinfarkt."

Sie machte eine Pause und man konnte sehen, wie die Erinnerung sie traurig machte. Ich wollte mich gerade entschuldigen, als sie weitersprach.

„Nach Dads Tod habe ich angefangen nachzudenken. *Warum?* Verstehst du? Warum bleibe ich hier und mache den Job, wenn ich eigentlich keinen Grund zum Bleiben habe? Ich könnte endlich rauskommen. Die Welt sehen. Reisen. Wo anders ein Charterunternehmen aufbauen. Ich könnte so viel", schloss sie mit Tränen in den Augen. „Ich habe online BWL und Management studiert und will meinen Bachelor machen. Ich hoffe, dass ich, wenn ich hier endlich wegkomme, mein eigenes Charterunternehmen für Touristen starten kann. Vielleicht kann ich einen kleinen Flugplatz managen. Ohne das Geld für das Haus kann ich nicht gehen. Aber bald", ergänzte Anna ruhig. Sie schien fast zu lächeln, ehe sie sich daran erinnerte, mit wem sie sprach.

Ich war perplex. Ich hatte nicht gewusst, dass sie so unbedingt aus Alaska wegwollte und so viel in ihren Plan investiert hatte. Studium, das Haus verkaufen. Das waren große Risiken für jemanden ohne wirkliche Unterstützung, ohne Familie im Notfall. Ich war davon ausgegangen, dass sie mit vierundzwanzig davon träumte, die Lichter der Großstadt zu sehen. Wie hatte ich mich geirrt. Ich schüttelte den Kopf und versuchte meine Gedanken zu ordnen. Ich räusperte mich, um sprechen zu können und fühlte mich wie der größte Idiot auf der ganzen Welt.

„Anna, es tut mir leid. Ich hatte keine Ahnung davon. Es tut mir leid, dass ich so ein Arsch gewesen bin." Ich beugte mich vor und streichelte ihre Hand. Sie zuckte zurück und ich fühlte einen Stich in der Brust, weil sie mich abwies.

„Nun, ja. Und was ist *deine* Geschichte, Jack? Wie kommt es, dass ein Stadtjunge wie du sich hier in Alaska im Niemandsland versteckt?"

Annas Augen leuchteten vor Neugier und ich begann zu reden, ehe ich über meine Wortwahl nachdachte. Ich holte tief Luft und entschied ihr alles zu erzählen. Mir war es bisher egal gewesen, was die Leute dachten, aber ich wollte, dass Anna die Wahrheit wusste. Ich wollte, dass sie mich verstand.

„Vor etwas mehr als einem Jahr habe ich mein Start-Up verkauft und bin von Seattle hierhergezogen. Ich habe viel Geld dafür bekommen, aber dass meiste an meine Ex verloren. Sie hatte behauptet, von mir schwanger zu sein...aber es war eine Lüge." Ich machte eine Pause und holte tief Luft.

Ich sah Anna an, wollte sehen, ob sie grinste, weil ich zugelassen hatte, das Victoria mich ausgenutzt hatte, aber stattdessen sah ich das gleiche Bedauern in ihrem Gesicht, dass auch ich gefühlt hatte. Sie verurteilte mich nicht, noch nicht.

„Ihr Name war Victoria. Wir gingen aus, sie wurde schwanger und weil ich immer Kinder haben wollte…"

„Hast du sie geheiratet."

"Schön dämlich, oder?" Ich fuhr mich durch die Haare und fuhr mit den grausamen Details fort. „Wir waren ungefähr ein Jahr verheiratet, als ihr Ex auftauchte und sowohl einen Vaterschaftstest wie auch hunderttausend Dollar forderte."

„Oh, Gott."

Ich grinste, wusste aber, dass es nicht bis zu meinen Augen reichte. „Ich weiß nicht, ob Gott etwas damit zu tun hatte, aber als der Test zurück kam, war ich kein Daddy mehr. Ich hatte mein kleines Mädchen und meine Frau an einem Tag an einen Investmentbanker verloren, den ich ihr auf einer Firmenfeier vorgestellt hatte."

„Err, Jack. Was für eine Schlampe. Es tut mir wirklich leid."

„Das Schlimmste war, dass ich mein Start-Up verkauft habe, um mehr Zeit für sie und das Kind zu haben. Ich habe alles für das Baby gekauft, ein Daddy-Auto mit Platz für den Kindersitz. Ich liebte das kleine Mädchen. Jack Buchanan, der große Geschäftsmann hat alles für ein Baby aufgegeben. Seine Mutter war schwierig und, wenn ich ganz ehrlich bin, habe ich sie nicht so geliebt wie ich es hätte sollen. Aber dann fand ich heraus...sie hatte mich betrogen und das Baby war nicht von mir." Mir stockte der Atem und ich trank einen großen Schluck Wasser, um den Moment der Schwäche zu verstecken.

Anna kleine Hand reichte über die grüne Tischplatte und sie drückte meine fest. „Jack, es tut mir schrecklich leid. Ich hatte keine Ahnung. *Ich* bin das Arschloch, weil ich so gemein zu dir gewesen bin. Ich kann nicht glauben, dass du nie etwas gesagt hast, auch wenn ich dich die ganze Zeit gereizt habe..." ihre Augen glänzten feucht und ich strich über ihre Wange.

„Es ist ok, wirklich. Du verdienst es zu wissen und es wurde Zeit es jemanden zu erzählen. Ich habe meine Firma verkauft und habe für einen Kurzurlaub die Hütte gemietet und bin geblieben. Ich habe mich in Alaska verliebt und war seitdem nicht wieder Zuhause. Ich habe mich selber belogen und alle anderen auch. Ich habe meiner Familie gesagt, dass ich hierbleibe, weil ich noch nicht bereit dazu bin mit meinen Cousins zu arbeiten und dass Alaska zu entspannend ist. Aber es ist eine Lüge. Ich bin noch nicht bereit, mich den Erinnerungen in Seattle zu stellen."

Schon während die Worte meinen Mund verließen konnte ich die Erleichterung fühlen. Meine Mutter hatte als einzige Bescheid gewusst und ich war mir ziemlich sicher, dass sie deshalb Anna damit beauftragt hatte, mich zu beliefern. Hat sie versucht uns zu verkuppeln?

Sie wird stinksauer sein, wenn sie herausfindet, dass meine Traumfrau dabei war, Alaska zu verlassen.

Ja, diese Frau, dieser freche, kleine Hitzkopf war die Frau, die ich wollte.

Wir saßen in einvernehmlichem Schweigen, bis Anna sich etwas aufrichtete.

„Jack...warum hast du nicht schon eher dein Glück probiert? In der ganzen Zeit, in der ich zu dir rausgeflogen bin wusste ich, dass du interessiert warst. Zumindest an meinen Titten und meinem Arsch", ergänzte sie schmunzelnd.

„Die Männer hier oben sind direkt, aber du hast nie etwas unternommen. Deshalb bin ich davon ausgegangen, dass es dir egal war." Sie lachte, aber das sollte nur ihre Unsicherheit überspielen.

„Du brauchst niemanden, Anna. Das konnte ich sehen. Du bist schön, einfach unglaublich wunderschön", ergänzte ich und sah direkte in ihre Augen. Du brauchst niemanden, der dir hilft ein Flugzeug zu fliegen, die schweren Kühlboxen zu entladen, Holz zu hacken…egal was. Du kannst alles. Und ich habe gedacht, du hast kein Interesse, also habe ich mich zurückgehalten." Ich lehnte mich vor. „Wenn ich gewusst hätte, wie viel Feuer du in dir hast, hätte ich dich schon beim ersten Mal in Bett geschleppt."

Sie wurde rot und weigerte sich, mir in die Augen zu sehen. Sie spielte mit ihrem Besteck und biss sich auf die Lippen, während sie den Kopf gesenkt hielt. „Ich muss alles alleine können, weil ich allein bin. Will ich das alles machen? Ja, aber nur damit ich weiß, dass ich es kann. Will ich für immer alleine sein?" Sie schüttelte den Kopf. „Nein, das will ich nicht."

Was sagte sie da? Sie wollte, dass sich jemand um sie kümmerte? Sie wollte, dass *ich mich* um sie kümmerte?

„Warum hast du...letzte Nacht deine Meinung geändert?", fragte sie schüchtern und irritierte mich. *Anna? Schüchtern?*

„Ich habe gedacht, du würdest sterben, mit dem Flugzeug in den eiskalten See stürzen. Ich weiß nicht genau, was passiert ist, Anna, du hast mich geweckt. Ich habe nur funktioniert, aber du hast etwas in mir verändert." Sie sah mich an und ihre Augen waren sanft und rund. Das Gespräch war viel zu ernst für Caribou-Hotdogs. „Abgesehen davon wäre ich wirklich enttäuscht gewesen, wenn du gestorben wärest, ehe ich deine perfekten Titten zu Gesicht bekommen hätte, die du immer unter den weiten Hemden versteckst."

Anna schnappte nach Luft, fischte ihren Strohhalm aus ihrem Getränk und warf ihn mir ins Gesicht. Sie kicherte hemmungslos, als ich aufstand und sie auch auf ihre Füße zog. Sie lehnte sich an mich und hörte auch zu kichern.

„Nun, Mr. Buchanan", Anna sinnliche Stimme drang in mein Ohr. „Ich glaube, wir haben ein paar Tage Zeit, bis die Ersatzteile ankommen. Wir können genauso gut wieder zu Ihnen fahren und das Beste daraus machen."

„Lass uns die Caribou-Hotdogs mitnehmen."

Ich konnte mich kaum an die Rückfahrt erinnern. Ich konnte nur daran denken, *das Beste daraus zu machen.*

6

nna

Wieder an der Hütte angekommen, schafften wir es gerade noch in die Hütte hinein, ehe wir uns die Kleider vom Leib rissen und sich unsere Lippen voller Lust trafen. In den nächsten zwei Tagen nutzen Jack und ich meine Umstände voll aus. Wenn es irgendeine Ecke in der Hütte gab, in der man Sex haben konnte, kannte Jack sie. Er hat mich gegen die kalte Holzwand gefickt, auf dem glänzenden Eichenfußboden, auf der Granitarbeitsplatte in der Küche. Irgendwann am zweiten Tag haben wir versucht es bis ins Bett zu schaffen und haben uns dann auf dem Teppich im Flur geliebt. Wir haben Positionen eingenommen, die ich nicht aus dem Kamasutra kannte. Über die Chaiselongue in seinem Schlafzimmer gebeugt, auf der schönen Steinbank in der Dusche, auf ihm reitend auf seinem Schreibtisch, auf der Schaukel mit Blick auf den See. Ich war fix und fertig und doch hungrig nach mehr.

Die ganze Zeit war ich in einem Zustand der Ekstase, ein Orgasmus folgte dem anderen. Wir unterbrachen nur, um zu Essen und auch *das* war auf seine Art unterhaltsam.

Jack flüsterte mir während des Sexmarathons ständig etwas ins Ohr und er huldigte meinen Körper mit seinen Händen. Er sagte mir, dass ich wunderschön sei und dass ich ihn wahnsinnig machte. Ich schenkte meinem Körper auf eine Art und Weise seine Aufmerksamkeit, von der ich nicht geahnt hatte, dass es sie gab und er erforschte Stellen an meinem Körper, für die sich noch nie jemand interessiert hatte. Seine Aufmerksamkeit und Zuneigung verriet mir, dass es ihm genauso ging. Was auch immer *es* war, es machte uns beide verrückt aufeinander. Ich fühlte mich wie ein Junkie. Ich konnte nicht genug bekommen und kaum war er fertig, wollte ich mehr.

Wir hatten eine Verbindung. Ich spürte es jedes Mal, wenn sich unsere

Lippen trafen und mich ein weiterer Orgasmus überrollte.

Am Ende des zweiten Tages gingen wir es langsamer an, den größten Hunger gestillt. Jacks Hände griffen nach meinem Arsch, während er seinen Schwanz wieder und wieder in mich gleiten ließ, während der nächste Orgasmus sich in mir aufbaute. Er hielt meine Beine gespreizt, während ich auf dem Laken lag und sein Schweiß von seiner Brust auf mich herabtropfte. Er war auch ausgelaugt, aber keiner von uns hörte auf. Keiner von uns wollte aufhören.

Sein Kiefer war angespannt und auch seine Muskeln, während er seinen Orgasmus...für mich... zurückhielt. „Ich lasse dich noch zwei Mal kommen, Prinzessin, dann bin ich dran", presste er kaum hörbar über mein Stöhnen heraus.

Das war absolut ok für mich.

Jack positionierte seinen Daumen auf meiner ohnehin gereizten Klit und machte kleine Kreise. Mein Körper reagierte von selber und mein Rücken bog sich durch, als Jack meine Brust in den Mund nahm. Er leckte meinen Nippel und biss sanft zu, während er etwas fester an meiner Klit rieb. Der Orgasmus bewegte sich in einer Welle von meiner Klit zu meinen Nippeln und wieder zurück.

Jacks stürmischer Daumen und sein Mund hörten nicht auf und der letzte Orgasmus war noch nicht ganz verklungen, als sich schon der nächste aufbaute. Als die Reibung seines Schwanzes und seiner Hand nicht mehr auszuhalten waren flüsterte er, „Schrei für mich Baby."

Und das tat ich.

Als ich später aufwachte, lag ich allein im Bett. Ich war noch immer benommen von meinen Orgasmen und dem Geräusch, das Jack gemacht hat, als er endlich kam. Es klang besitzergreifend, kehlig und auch irgendwie verletzlich. Als wenn ich ihn befreit hätte.

Oh, nein, dass wirst du nicht, mein rationaler Teil sprach auf mich ein. *Jetzt ist nicht die richtige Zeit, sich in jemanden zu verlieben. Jetzt ist es Zeit Alaska zu ver-*

lassen, erinnerst du dich? Ich hielt mich gar nicht erst damit auf mir einzugestehen, was ich für ihn fühlte. Ich wusste es bereits.

Ich stand auf, fand eins von Jacks Hemden auf dem Fußboden und zog es über. Als ich die Knöpfe schloss, machte ich mir Sorgen, dass mein Körper bereits wusste, was mein Kopf verdrängte.

Ich war über beide Ohren verliebt.

Meine Träume waren zu wichtig, zu groß, um sie für einen Kerl aufzugeben, der sich in Alaskas Wildnis versteckte. Egal was Jack mir bedeutete, ich würde Alaska verlassen. Es war so einfach und gleichzeitig so schwer.

Ich sah mich im Wohnzimmer um und fragte mich, wo Jack war. Ich hörte ein leises Geräusch aus dem Arbeitszimmer und ging den Flur entlang. Jack saß an seinem Computer, die Trainingshose locker auf seiner Hüfte und ohne Shirt.

Wahrscheinlich hatte ich es auf dem Gewissen.

Er konnte mich aus seiner Position nicht sehen und ich schlich mich von hinten an ihn heran, um ihn zu erschrecken.

„Du bist ganz schön frech, Prinzessin", erklärte Jack und drehte sich mich seinem Stuhl zu mir um. Er zog mich auf seinen Schoß und drehte den Stuhl wieder zu seinem Computer. Er vergrub sein Gesicht in meinem Haar und atmete tief ein.

„Du riechst so wie ich. Das gefällt mir", flüsterte er in mein Ohr.

Ich tat so, als würden mir seine Worte nicht gefallen und sah stattdessen auf seinen Monitor.

Womit vertrieb sich der ernste Mr Buchanan die Zeit, während ich schlief? Porno?

„Was ist das?" Fragte ich ihn und griff nach der Maus. Ich richtete mich auf, als ich das Logo eines Unternehmens in Seattle erkannte: Buchanan Technologies. „Familie?"

„Meine Cousins. Es ist ihr Start-Up. Es läuft gut und sie wollen, dass ich für sie arbeite." Jack griff nach der Maus und schloss das Fenster.

„Ein *Start-Up*?" Ich gluckste, weil es eher nach einem verschuldeten Unternehmen ausgesehen hatte, als ein Start-Up. „Wirst du es machen? In sie investieren? Ihnen auf die Beine helfen?"

Er musste meine Gedanken gelesen haben, weil er meinte, „Es hat im Moment nicht viel von einem Start-Up, nicht wenn sie jedes Jahr Millionen machen. Ich soll ihnen helfen, Milliarden zu machen."

Milliarden. Großer Gott.

Ich betrachtete seine nackte Brust und zwang mich, mich wieder auf das Gespräch zu konzentrieren. Unsere Augen trafen sich und er grinste mich wissend an, sagte aber „Sie sind Familie. Außerdem haben sie ein solides Portfolio, viel Erfolg, ein festes Team, ein super Geschäftsmodell...Sie haben alles, was zählt." Er unterstrich seine Aussage, indem er dort streichelte, wo es „zählte" und ich zuckte zusammen. „Meine Cousins können warten. Ich bin in andere Projekte involviert, die im Moment meine gesamte Aufmerksamkeit fordern."

Jack beugte sich vor, um mich zu küssen und griff unter mein Hemd, um meine Brüste zu stricheln. Meine Nägel glitten seine Arme hinab an den Bund seiner Hose.

„Ja, Mr. Buchanan." Ich nickte an seinen Lippen. „Ich glaube, ich will das Projekt auch vertiefen."

Ich kicherte, als er mich von seinem Schoß hob und auf seinen harten Schreibtisch setzte. Er spreizte meine Beine weit und platzierte sich dazwischen. Als seine Finger innen über meinen Schenkel strichen fiel ich nach hinten.

„Wenn ein Projekt meine Aufmerksamkeit bekommt—" seine Lippen folgten der Spur seiner Finger bis seine heißer Atem über meine Pussy strich. „dann bekommt es meine gesamte Aufmerksamkeit."

Ich erwachte von dem Klang eines Propellerflugzeugs über uns und hörte das vertraute Geräusch von Schwimmkörpern, die auf Wasser trafen. *Das Flugzeug. Meine Ersatzteile waren da.*

Ich fuhr auf und vergaß, dass Jack neben mir auf dem Fußboden in seinem Arbeitszimmer lag. Nach dem Schreibtisch waren wir dort gelandet.

Ich traf ihn im Gesicht, weil ich es eilig hatte aus dem Fenster zu sehen und er stöhnte auf. „Was zur Hölle. Prinzessin?"

Ich ignorierte ihn und kam rechtzeitig am Fenster an. Der Pilot hatte sich gerade Richtung Dock gedreht und bereits den Motor aus.

„Mein Schwimmkörper ist hier. Ich muss raus und den Piloten begrüßen."

Ich hechtete los um meine Sachen zu finden, ein geliehenes Hemd am Kamin und meine Hose in der Küche. Ich drehte mich nackt um meine eigene Achse, um meinen Slip zu finden.

„Suchst du den hier?" Jack stand dort und hielt meinen Slip hoch.

Ich griff nach meinem Slip, schlüpfte in meine Klamotten und lief zur Tür. Der Pilot, Joe, war bereits am Dock und löste seinen Anker. Er war ein alter Freund meines Vaters und ich war froh ihn zu sehen. Wir sprachen über die Schäden an meinem Floater, den Sturm, in dem ich fast abgestürzt wäre und Dads Haus.

„Ich habe gehört, jemand hat ein Angebot dafür gemacht?", fragte Joe und mein Herz stand still.

„Was? Wirklich? Ich habe noch nichts gehört. Ich bin seit fast drei Tagen hier, ohne Kontakt", stotterte ich.

Verkauft. Das Haus verkauft.

„Nun, es klingt so, als ob du das Haus verkauft hast. Du ziehst mit dem Geld nach Seattle?", fragt Joe während er meinen Ersatz-Schwimmer entlud.

Ich versuchte den Schmerz zu verdrängen, als das Bild von Jack vor meinem inneren Auge auftauchte, scheiterte und sagte, „Jepp, so wie alle Papiere unterschrieben sind."

Joe und ich arbeiteten in der nächsten Stunde sorgfältig, als wir mein Flugzeug aufs Trockene zogen. Wir ersetzen den beschädigten Floater mit dem Neuen und ohne Jacks Hilfe hätten wir es nicht geschafft.

„Gar nicht so übel für einen Stadtjungen", sagte ich zu Jack als wir in dem eiskalten Wasser versuchten die Schmiere von den Händen zu waschen. Joe half noch dabei die ganzen Checks an meinem Flugzeug durchzuführen, ehe er in seins stieg und seine Propeller startete. Er winkte und wendete das Flugzeug Richtung Seemitte, bereit zum Abheben. Jack und ich beobachteten, wie sein Flugzeug immer kleiner wurde, ehe wir sprachen, während die ungewollten Worte zwischen uns hingen.

Zeit in den sauren Apfel zu beißen, Anna. Ich holte tief Luft. „Jack, ich—," brachte ich heraus.

Er unterbrach mich. „Flieg noch nicht, Prinzessin."

Jacks Augen waren voller Schmerz und unausgesprochener Gefühle und fast hätte ich nachgegeben. Ich riss mich zusammen und ergriff seine Hände.

Ich blickte ihm in die Augen, als ich sagte: „Es ist wirklich, *wirklich* toll gewesen. Das waren wahrscheinlich die schönsten Tage meines Lebens gewesen. Es war auf jeden Fall der beste Sex." Ich lachte, aber Jack fand es nicht lustig. „Aber du und ich, wir wussten beide, dass *das hier* – was auch immer *das hier* ist – nicht andauern würde. Ich brauche jemanden, der bereit ist das Leben richtig zu leben, der in die Welt hinausgeht und mit mir Abenteuer erlebt, nicht jemanden, der sich hier draußen versteckt."

Diese letzten Worte waren wie ein Tiefschlag, dass wusste ich, aber es musste so wehtun, dass er mich gehen ließ. Damit ich in von mir wegschieben konnte und ins Flugzeug kam.

Jacks Blick wurde kalt. Ich hatte mein Ziel eindeutig erreicht und fühlte einen Schlag in die Magengrube als ich merkte, wie sehr ich ihn verletzt hatte. Aber ich nutze meine Chance und bewegte mich langsam von ihm fort. Ich musste nichts verladen, es war alles im Cockpit geblieben. Ich habe meine Kleidung, ich hatte meinen neuen Schwimmkörper. *Time to rock and roll.*

Als ich auf das Trittbrett trat, beging ich den Fehler und drehte mich um. Jack stand dort am Dock, die Hose bis zu Oberschenkeln durchnässt und das weiße T-Shirt voller Schmiere von den Schrauben. Sein braunes, gewelltes Haar war vom Wind und von meinen Fingern zerzaust und ich musste trotz allem lächeln. Ich trat zurück auf das Dock und ging langsam auf ihn zu, um ihm einen letzten Kuss zu geben.

„Anne, bitte geh nicht", bat er als er mein Gesicht in seine Hände nahm. Ich stellte mich auf Zehenspitzen und küsste ihn sanft auf seine perfekt gebogenen Lippen: „Ich liebe dich."

Ich umarmte ihn und flüsterte dabei. „Ich liebe dich auch Jack." Und ich tat es, aber ich konnte nicht bleiben.

Er sah auf mich herab, verwirrt. „Ich sehe dich nächste Woche, oder? Für meine übliche Lieferung?", fragte er und versuchte zu zwinkern. Ich lächelte unverbindlich und trat zurück, um ihn ein letztes Mal anzusehen. Ich würde nicht zurückkommen. Ich konnte nicht.

Ich drehte mich um, lief zum Flugzeug, kletterte ins Cockpit und startete die Propeller. Der Anker lichtete sich für meinen Geschmack zu langsam und ich konnte sehen, wie Jack wie ein

Tiger im Käfig das Dock entlanglief. Seine gebräunte Haut glänzte und seine schokoladenbraunen Augen waren getrübt und gerade als ich das Dock aus meinem Blickfeld verlor sah ich das er einen Arm hob und mir nachwinkte. Eine einfache Bewegung, aber sie brach mein Herz.

Lebewohl, Jack.

Ich hob ab und flog Richtung Norden, weg von der Hütte, weg von Jack und weg von meinem Leben in Alaska. Tränen liefen mir übers Gesicht, als ich den einzigen Mann verließ, den ich je geliebt hatte.

7

ack

Die Woche verging verdammt langsam während ich darauf wartete, Annas altes Wasserflugzeug zu hören. Manchmal glaubte ich die Propeller ihres Flugzeugs vom Norden her zu hören und lief raus auf die Wiese und starrte in den Himmel. Und jedes Mal schämte ich mich über die Enttäuschung, die ich in meiner leeren Brust fühlte.

Es hatte mich voll erwischt. Ich wusste, in ein paar Tagen würde ich sie wiedersehen, aber mein Kopfkissen roch nach ihr, mein Arbeitszimmer roch nach ihr und ich konnte nicht aufhören an sie zu denken. Verdammt, wir haben praktisch auf jeder ebenen Fläche in meiner Hütte gefickt. Es gab keine Stelle in meinem Zuhause wo ich hinsehen konnte, ohne Anne zu sehen, zu hören, zu fühlen.

Zu vermissen.

Ich versuchte den Anna-Nebel zu durchbrechen und einen Schritt zu gehen, der meine unmittelbare Zukunft verändern würde. Ich schickte eine E-Mail an Seth und Ben. Wir verabredeten eine Telefonkonferenz, klärten, welche Aufgaben ich in ihrer Firma übernehmen sollte und ich war bereit, wieder Teil des Buchanan-Klans zu werden. Ich würde als Berater einsteigen. Ich war wieder im Spiel und es fühlte sich gut an. Vor allem konnte ich es nicht erwarten, Anna davon zu erzählen. Es bedeutete, wir konnten Alaska verlassen… *gemeinsam*. Unsere Wege würden parallel verlaufen und sich nicht nur kurz kreuzen.

Endlich kam der Tag, an dem Anna meine Lebensmittel liefern sollte. Ich saß im Wohnzimmer, unfähig zu arbeiten oder zu recherchieren. Als es Nachmittag wurde, wurde ich immer unruhiger. Ich lief wie ein Verrückter in meinem Haus rum.

Wo verdammt war sie?

Es gab keinen Sturm, keinen Grund sich zu verspäten. Ich war schon fast rasend als ich es hörte – der leise Klang eines Propellerflugzeugs, das aus Richtung Norden kam. Ich stand still nur um sicherzugehen, dass es wirklich ein Flugzeug war, ehe ich wie ein Wahnsinniger nach draußen lief. *Mal wieder.*

Das Geräusch wurde lauter und ich hastete zur Tür. Vor lauter Aufregung riss ich sie fast aus den Angeln. Ich sprang von der Veranda und lief über die Wiese, meinen Blick in den Himmel gerichtet. Ich sah es – Annas Flugzeug – als es gerade über den Wipfeln auftauchte, ein paar Meter über dem Wasser glitt und dann sanft ansetzte. Sie lenkte das Flugzeug Richtung Dock, stellte den Motor aus und warf den Anker aus, als das Flugzeug sanft an mein Dock stieß. Ich war schon fast am Dock und als ich am Flugzeug ankam riss ich das Cockpit auf und sah…

„Joe?", fragte ich und meine ganze Weltansicht fiel in sich zusammen. Der alte Mann sah genauso geschockt aus wie ich. Wahrscheinlich hatte ich die Tür zu seinem Cockpit mit mehr Eifer aufgerissen hatte, als er normalerweise gewohnt war.

„Ja, Mr. Buchanan", antwortete Joe. „Sie hatten für heute eine Lieferung, oder? Es tut mir leid, dass ich so spät dran bin, aber ich musste erst auftanken, ehe ich herfliegen konnte. Der Rückweg ist sehr lang."

Joe lächelte schwach.

„Ich habe alles im Frachtraum, wenn Sie mich..."

Er versuchte auszusteigen, konnte aber nicht weit, weil ich im Weg stand. Ich schüttelte den Kopf und trat einen Schritt zurück, noch immer unfähig zu sprechen. Es sprangs aufs Dock, öffnete den Frachtraum und zog zwei Kühlboxen mit meinen verdammten Lebensmitteln raus.

Während er es tat fuhr Joe fort: „Vermutlich haben Sie schon die Neuigkeiten über Anna gehört. Sie hat endlich das Haus ihres Vaters verlauft. Das Angebot kam, als sie hier gestrandet war. Der Käufer hat es an dem Tag, als sie nach Hause gekommen ist in bar bezahlt. Sie war so aufgeregt. So wie sie alles gepackt hatte, hat sie den ersten Flug nach Seattle genommen."

Der alte Mann hatte ein paar Probleme, die Kühlboxen auszuladen und meine Manieren reichten gerade soweit, dass ich ihm half. Wir trugen die Kühlboxen in meine Hütte und Joe, nett wie er war, half mir beim Auspacken. Die ganze Zeit über war mein Kopf voller Geräusche.

Sie kommt nicht. Sie ist weg. Weg.

Ich sah aus dem Fenster zum Flugzeug und wand mich zu Joe um. „Sie haben ihr Wasserflugzeug", stellte ich fest.

Joe sah amüsiert aus der Kühlbox auf und antwortete: „Ja, sie hat es mir verkauft. Sie wollte es mir schenken, aber es ist ein zuverlässiges Flugzeug. Ich habe Anna einen fairen Preis bezahlt. Sie kann das Geld gut gebrauchen, wenn sie sich im Süden niederlässt. Ich habe schon ihrem Vater geholfen die Kiste in Schuss zu halten, und ich denke, Anna wollte, dass ich sie bekomme."

Das war es, der letzte Strohhalm. Sie hatte ihr Flugzeug verkauft, ihre einzige Einkommensquelle hier oben. Das bedeutete, es war endgültig. Sie war weg, *wirklich und wahrhaftig* weg.

Ich ließ mich auf den Hocker in der Küche fallen und starrte auf meine Hände während ich alles verarbeitete.

Um nicht wie eine totale Memme zu wirken, räusperte ich meinen Hals und fragte Joe die letzte Frage, die mir noch einfiel: „Wissen Sie, wo sie steckt? Hat sie eine Telefonnummer hinterlassen...für alle Fälle?"

Ich wusste sonst nicht, wie ich sie erreichen sollte. Ich hatte nicht daran gedacht, sie nach ihrer Telefonnummer zu fragen. *Ich war ein verdammter Idiot!* Ich schimpfte mit mir selber, wütend über meine eigene Dummheit. Der alte Mann murmelte etwas, während ich innerlich tobte, aber mein innerer Monolog wurde unterbrochen, als er mir einen kleinen Zettel zuschob.

„Sie hat mir ihre Handynummer dagelassen und gesagt ich soll sie anrufen, wenn ich Probleme mit dem Flugzeug oder ihren Lieferungen habe. Brauchen Sie sie?"

Ich strahlte Joe an und speicherte die Nummer in meinem Satellitentelefon. Hier gab es im Umkreis von x Meilen keinen Handyempfang.

Ich dankte Joe von ganzem Herzen und begleitete ihn nach draußen. Er sagte, er würde mich in der nächsten Woche sehen, kletterte ins Cockpit und lichtete den Anker. Kurz darauf war er in der Luft und ich lief in die Hütte, das Telefon in der Hand. Ich presste auf „Wählen" und hielt den Atem an, als es klingelte. Einmal, zweimal, dreimal.

Geh an das verdammte Telefon, Anna.

Anscheinend hatte sie mich gehört, dann nach dem vierten Klingeln nahm sie leicht außer Atem und besorgt ab. „Hallo?", fragte sie.

Ich konnte nicht sprechen. Der Klang ihrer Stimme hatte meinen Schwanz hart werden lassen.

„Hallo, Joe. Ist alles ok?"

Ihre Besorgnis nahm zu und holte mich aus meiner Betäubung, so dass ich mich schnell räusperte und antwortete. „Uhm, ich bin's, Jack."

Die Stille in der Leitung war kaum auszuhalten. Ich wartete einen Moment und sprach dann weiter: „Joe hat mir deine Nummer gegeben. Er hat mir gerade mein Essen geliefert und...es warst nicht du. Was soll das, Prinzessin? Warum hast du mir nicht gesagt, dass du gehst?"

Ich hörte ein leises Geräusch in der Leitung, fast wie ein Schluchzer. Ich wartete auf eine Antwort, aber bekam nur Stille.

„Verdammt Anna, sprich mit mir!",

verlor ich die Geduld. Die Frau, die ich liebte war hunderte Meilen entfernt und ich konnte sie nicht erreichen. Konnte sie nicht berühren. „Geht es dir gut? Ist bei dir alles in Ordnung? Gott, Anna, warum hast du mir nicht erzählt, dass du gehst?"

Sie stotterte ein wenig, ehe sie antwortete: „Ich habe versucht es dir zu erzählen, Jack, an dem Tag in deinem Auto. Es tut mir leid, dass ich es dir nicht gesagt habe, als ich Dads Haus verkauft hatte. Ich wusste nicht, wie ich dich erreichen sollte und es ging alles so schnell. Ich bin jetzt in Seattle und ich glaube, ich habe einen Job gefunden." Sie machte eine Pause ehe sie fortfuhr: „Ich bin wirklich aufgeregt Jack. Da ist es, wovon ich geträumt habe, seit mein Dad tot ist. Das Haus ist verkauft, ich habe das Geld und ich bin aus Alaska raus. Das ist mein großer Traum. Ich kann nicht zurückkommen."

Ich konnte hören, wie sie auf ihren Fingernägeln kaute, offensichtlich nervös darüber, wie ich antworten würde.

Ich sammelte mich einen Moment, holte tief Luft und fragte: „Kann ich dich treffen? Ich möchte *dich treffen*."

Meine Stimme zitterte vor Aufregung und ich zwang mich, die Klappe zu halten, ehe ich anfing zu *betteln*, damit sie zu mir zurückkam. Ich hörte ihre kleinen Schluchzer in der Leitung und wusste, sie war genauso traurig. Wir schwiegen beide einen Moment, unfähig zu sprechen.

Anna räusperte sich schließlich und sagte: „Jack, ich denke wir beide wissen, dass es nirgendswo hinführt. Wir hatten Spaß…*sehr viel* Spaß. Aber Fernbeziehungen funktionieren nicht. Und ich habe auch mehr als das verdient."

Sie hatte Recht. Sie hatte mehr verdient. Ich hatte nicht das Recht sie zu bitten, ihre Träume für mich zu begraben. Ich hatte mich für ein Leben in der Einsamkeit, weit weg von der Zivilisation, entschieden. Aber in Anna war zu viel Leben dafür. Dieses innere Feuer war eine Sache, die ich an ihr liebte.

Ich hörte das Lächeln in ihrer Stimme, es war nur zu erahnen, aber sie sprach weiter: „Und ich würde lügen, wenn ich behaupten würde, weniger für dich zu empfinden als ich tue. Aber das hier ist *mein Traum*, Jack. Das hier ist wirklich wichtig für mich. Für mich gibt es nichts in Alaska, Jack. Nichts, außer dich. Und das ist—"

„Nicht genug. Ich weiß, Prinzessin.

Ich weiß." Ich ließ ihre Antwort sacken. Sie wusste noch nicht, dass ich bereit war die Hütte und Alaska wieder zu verlassen, dass ich mit meinen Cousins gesprochen hatte und für sie arbeiten würde. Ich war fertig mit dem Leben in Abgeschiedenheit. Ich wollte es ihr gerade erzählen, hielt mich dann aber zurück. Ich wollte sie nicht mit meinen Ideen und Sehnsüchten belasten. Ich wollte ihr etwas geben, dass echt, ehrlich und beständig war. Sie war es und genau das hatte sie auch verdient. Also sagte ich nur: „Anna, ich bin stolz auf dich. Schau dich an, raus aus Alaska und in die Großstadt." Ich zwang mich zu lächeln, damit meine Stimme weicher klang und nicht traurig wirkte.

Ich konnte ihr Lächeln hören, wie sie mit der Wange über den Hörer strich und wusste, es war Zeit Abschied zu nehmen.

„Wir sprechen uns bald, Prinzessin. Viel Erfolg mit dem Job. Ich wünsche dir alles Gute", sagte ich und versuchte nicht wie ein Mann zu klingen, dessen Herz in kleinen Stückchen auf dem Fußboden verteilt war.

Ich hörte sie noch einmal Luft holen, ein kleiner Schluchzer, ehe sie lachte und sagte: „Wir sprechen uns, Stadtjunge." Wir legten beide auf und ich ging wieder nach draußen, runter zum Dock und starrte auf das Wasser.

Der See, die Bäume, die Berge in der Ferne, dass alles wirkte mit einem Mal wie ein Gefängnis. Ich fühlte die unglaubliche Größe der Fläche vor mir und ich fühlte die Leere auf dem Platz neben mir. Ich wusste schon bevor ich mit Anna telefoniert hatte, dass meine

Zeit in Alaska vorbei war. Sie hat mich gezwungen, wieder zu leben, hat Teile wieder zum Leben erweckt, die zu lange vom Schmerz betäubt gewesen waren. Was ich jetzt verstand war, dass ich diese knallharte, unabhängige, frustrierende Frau, die alles dafür tat ihren Traum zu leben, liebte. Ich liebte Anna, erkannte ich, weil sie ihrem Traum Alaska zu verlassen gefolgt ist, obwohl ich versucht habe sie hier zu halten.

Sie hat ihr Leben selbst in die Hand genommen und folgte ihrem Traum, egal welche Hindernisse sich ihr auch in den Weg legten. Wie war ich mit den Hindernissen umgegangen? Ich hatte mich in mich zurückgezogen, an diesen Ort. Ich hatte mich *vor* der Wirklichkeit versteckt, während Anna genau *darauf* zulief. Ich blickte zurück zur Hütte und entschied, dass sie lange genug mein

Zufluchtsort gewesen war und nicht mehr meine Wirklichkeit. Meine Wirklichkeit war jetzt Anna. Der Geruch ihres erdbeerblonden Haares, der Klang ihres Kicherns in meinem Nacken, das Feuer in ihren Augen, wenn wir diskutierten oder nur Unsinn redeten. Und ihre Träume und Erwartungen. All das waren jetzt Teile meiner Wirklichkeit. Ich nahm einen tiefen, reinigenden Atemzug, trat in die Hütte und sah mich um, zum allerersten Mal.

Verdammt, hier gab es nichts, dass sich zu packen lohnte.

8

nna

Zwei Monate später

Ich saß im Cockpit und versuchte den Flugplan zu organisieren, den ich gerade von meinem Copiloten erhalten hatte. Ich bemerkte, dass es nur ein kurzer Flug war. Einmal Vancouver Island und wieder zurück. Die Lichter der Instrumententafel blinkten beruhigend, ich fühlte mich in jedem Cockpit wohl, auch in diesem hier. Es war allerdings wesentlich bequemer, als das alte Wasserflugzeug meines Vaters. Man hatte beispielsweise nicht plötzlich den Steuerknüppel in der Hand, weil man zu sehr daran gezogen hatte. In diesem Moment hörte ich den Flugleiter in meinem Kopfhörer, der mich über meine Fracht informierte – zwei Passagiere und ihr Gepäck – kamen über das Rollfeld in meine Richtung. In spätestens zehn Minuten würden wir abheben.

Seit ich meinen neuen Job in Seattle begonnen hatte, hatte ich nur Passagiere befördert, keine Fracht, nach Vancouver Island, den San Juan Islands und etwas entlegenere Orte in Washington. Es war nicht ganz das, was ich tun wollte, aber es war ein großartiger Anfang.

Ich rechnete meine Flüge zusammen. Es war nicht so anstrengend wie „Anna Air" in Alaska gewesen war. Ich musste nicht mehr den ganzen Tag Fracht ein- und ausladen. Das Flugzeug, das ich flog, war nur drei Jahre alt, die Sitze noch aus weichem Leder und die Lüftung klapperte nicht. Mein Apartment war brandneu und nicht mein fünfzig Jahre altes Haus. Im Keller gab es einen Pool und ein Fitnessstudio und freitags gab es Aktivitäten für Singles. Ich hatte mir auch ein neues Auto gekauft, klein und kirschrot. Es war nichts Besonderes, aber es gehörte mir. Ich hatte mehrere Tausend auf dem Konto und wenn es mit diesem Job klappte, wollte ich meinen ersten Urlaub in Europa verbringen. Ich wollte nach Frankreich, Paris besichtigen, auf den Eiffelturm und ein Croissant essen, das auf meiner Zunge schmolz.

Ich lächelte über meinen Spinnereien. Ich vermisste Jack. Während andere Singles sich im Park trafen, surfte ich auf Reiseseiten und schmiedete Pläne. Es war die einzige Möglichkeit meinen Schmerz zu unterdrücken, weil ich ihn vermisste.

Nach einem letzten Check der Instrumente stand ich in meiner weißen Bluse, gebügelten Hose, die Haar unter meine Mütze hochgesteckt auf, um die Passagiere zu begrüßen.

Der erste Fluggast kam in Sicht und ich fühlte wie mein Herz schlug. Die Frau war groß, schlank, mit platinweißem Haar und einer klassischen

Eleganz. Sie lächelte mich breit an als sie mich sah, übergab ihre Tasche dem Bodenpersonal und umarmte mich.

„Anna, Darling, du siehst *unglaublich* aus!", rief sie, während sie mich von oben bis unten begutachtete.

„M-Mrs. Buchanan, was machen Sie denn hier?", stotterte ich schließlich, überrascht davon Jacks Mutter zu treffen. Ich hatte sie nur einmal getroffen, damals in Anchorage, als sie mich angeheuert hat, um Jack mit Lebensmitteln zu versorgen, aber sie war unverkennbar. Sie hatte Jacks griechische Gesichtszüge und seinen verarsch-mich-nicht-Blick.

Ich wusste, ich war unhöflich, vor allem als ihre Pilotin, aber mein Kopf kam gerade nicht hinterher. „Fliegen Sie heute mit uns?", fragte ich dämlich und wollte mir sofort selber in den Hintern treten.

„Oh, Darling, hat Jack es dir nicht erzählt? Wir sind auf dem Weg nach Vancouver Island um eine Investition seines Vaters zu überprüfen. Ich dachte, du wusstest davon als wir deine Airline gebucht haben! Dummer Jack", flüsterte sie verschwörerisch und zwinkerte mir zu. Mrs. Buchanan ging die paar Schritte zu ihrem Platz und setzte sich, eindeutig zufrieden mit sich selbst.

Erst dann hörte ich die schwereren Schritte vor dem Flugzeug. *Scheiße.* Ich wusste, dass es Jack war. Ich hatte große Lust mich im Cockpit zu verstecken ehe er an Bord kam, aber mein dummer Co-Pilot stand im Weg. Ich glätte noch einmal meine Haare und Bluse.

Mein Herz klopfte wild als ich Jacks

Schatten durch die Luke sehen konnte und dann sah ich ihn. Er sah jetzt noch besser aus, in dem maßgeschneiderten Anzug und mit der Aktentasche in seinen rauen, maskulinen Händen. Sein Haar war geschnitten, aber immer noch jungenhaft zerzaust. Seine braunen Augen glitten über meinen Körper und dann trafen sich unsere Blicke.

Wir stockten beide, mein Gesicht mit Schock, während seins erstrahlte.

Jack trat einen Schritt näher an mich heran. In dem schmalen Rumpf des Flugzeugs lehnte er über mir und versperrte den Gang hinter sich.

„Hallo, Prinzessin. Schön dich zu sehen", sagte er und lächelte.

Sein Megawatt-Lächeln traf mich wie eine Tonne Ziegelsteine und ich konnte nicht anders; ich strahlte zurück. Seine braunen Augen fielen auf mein Lächeln, meine Lippen und dann weiter nach unten auf meine Brüste, die schon seit er das Flugzeug betreten hatte bereit waren. Jacks Augenbrauen gingen vor Anerkennung nach oben.

Ich rollte mit den Augen, aber ehe ich ihn schlagen konnte, nahm Jack meinen beiden Hände in seine und führte sie an seine Lippen. „Anna, du siehst...unglaublich aus. Buschpilot sah ja schon gut aus, aber das hier...", er brach ab und wies auf meinen Körper, würdigte meine anliegende Bluse, Hose und mein Make-Up. Ich errötete und senkte meinen Kopf einen Augenblick, um mich zu sammeln und fragte: „Was machst du hier?"

Der Co-Pilot rief mir etwas zu und ich sah als erstes weg.

„Herzlich Willkommen an Bord,

Mr. Buchanan. Bitte nehmen Sie Ihren Platz ein, wir werden bald abheben."

Ich drehte mich wie betäubt zum Cockpit um, unsicher ob ich in diesem Zustand überhaupt fliegen konnte.

Aber Jack ließ es nicht zu, er legte seine Hand auf meine Schulter und drehte mich zu sich um. „Anna, ich bin nicht hergekommen, um mit dir zu fliegen. Ich bin hier, um dich zu sehen. Um dir zu sagen, wie sehr ich dich vermisst habe und dass ich wieder in Seattle bin", sagte er und sah mich mit so vielen Emotionen an, dass meine Augen feucht wurden.

„Was? Ich—", begann ich, aber er unterbrach mich.

„Bitte lass mich aussprechen und dann kannst du mich rausschmeißen", bat er. Er wertete meine fehlende Reaktion als Zustimmung und fuhr fort. „An dem Tag, als du die Hütte verlassen hast, wollte ich dir folgen. Ich hätte dir folgen *sollen*. Aber ich ging davon aus, dass du zurückkommen würdest. Und du kamst nicht." An dieser Stelle versuchte ich ihn zu unterbrechen, aber er ließ es nicht zu. „Shh, Prinzessin, lass mich ausreden. Ich ging davon aus, dass du zurückkommst, aber ich irrte mich. Ich dachte, du würdest wegen mir bleiben, was wirklich dämlich war. Ich war egoistisch und dachte, du würdest dein ganzes Leben für mich ändern, wenn wir wollen würden, dass es funktioniert. Ich habe dich nicht gewürdigt", schloss er mit einem breiten, herzraubenden Grinsen und seine Entschuldigung stand ihm im Gesicht.

„Was meinst du?", fragte ich perplex. *Gewürdigt wofür?*

Jack küsste meine Handfläche und

kam noch näher ehe er sagte: „Ich habe dich nicht erst genommen, als du gesagt hast, dass du gehen willst. Ich wollte es nicht glauben. Ich habe mich sofort in der Hütte versteckt als es nicht ganz rund lief, aber du hast für das, was du wolltest, gekämpft und du hast die Herausforderung angenommen, auch wenn du es viel einfacher hättest haben können."

Sein Lob führte dazu, dass ich am ganzen Körper rot wurde. Selbst als mein Vater mir gesagt hatte, was für ein großartiger Pilot ich war, habe ich mich nicht so stolz, fähig und stark gefühlt. Ich hustete, als die Tränen mir die Kehle zuschnürten; ich würde in meinem Flugzeug *nicht* weinen.

„Verdammt, Jack, hättest du nicht anrufen können?", blaffte ich ihn an und blinzelte die Tränen fort. Mein Co-

Pilot bewegte sich hinter mir, von wo er offensichtlich zuhörte, aber ich ignorierte ihn. Es ging hier nicht um ihn, also konnte er warten.

Jack lachte leise als er mich in seine Umarmung nahm. In dem Moment, in dem sich unsere Brüste berührten, mein Kopf sich an seine Schulter schmiegte, seufzten wir beide auf. Es klang zufrieden und glücklich.

„Als du mich an der Hütte zurückgelassen hattest, fühlte ich mich so allein. Ich wusste nicht, was ich tun sollte und wo ich hinwollte, aber ich wusste, ich gehörte nicht mehr dort hin. Du hast mir Feuer unterm Hintern gemacht, Prinzessin. Ich habe in den letzten Monaten mit meinen Cousins gearbeitet, aber ich fühlte mich noch immer verloren. Ich hatte keinen Rückzugsort mehr, kein Zuhause. Deshalb hatte ich Seattle ursprünglich verlassen, es war nicht mehr mein Zuhause. Aber dann habe ich dich getroffen", schloss er und küsste meine Pilotenmütze. Er küsste meine Stirn, meine Wangen und kam meinem Mund immer näher, als wäre das Gespräch beendet. Ich zog mich zurück, verwirrt

„Was hat die Begegnung mit mir damit zu tun, dass du ein Zuhause findest?", fragt ich und lehnte mich zurück, um seinem Blick zu begegnen.

Jack lächelte süß und er wurde rot: „Du bist mein Zuhause, Anna. Wo immer du bist, ist mein Zuhause."

Ich hörte auf zu atmen, als mir die Tränen übers Gesicht liefen. „Ich dachte, du wolltest nichts ernstes. Ich dachte, wir hätten nur —", Ich brach ab und vergrub mein Gesicht an seiner Brust.

„Nein Anna, wir haben nicht *nur*. Ich war ein Idiot und, ganz ehrlich, du auch", sagte er lachend schaffte es meinem Schlag auszuweichen. „Wir sind für *mehr* bestimmt, findest du nicht auch?"

Der ungezügelte Blick seiner Augen, als sich unsere Stirn berührten, ließen mich alles vergessen. Ich küsste ihn so fest ich konnte und vergas für einen Moment, dass ich Pilot in einem Flugzeug war und der Flugleiter versuchte mit Headset zu telefonieren.

Ich küsste den Mann, den ich liebte, so fest ich konnte...und es fühlte sich an wie Zuhause.

EPILOG

nna

Vier Jahre später

Wir saßen am Rand der Wiese auf unseren neuen Gartenstühlen als die Sonne hinter den Bäumen unterging. Wir rösteten Marshmallows, einen für

Julianne und einen für Aaron, die beide noch zu klein waren, um ihre Stöcke selber zu halten. Bald würden wir dank der S'mores überall kleben und wir mussten lachen, als Aaron, der gerade zweieinhalb geworden war, sich Schokolade ins Haar geschmiert hatte. Jack saß auf dem Stuhl mit mir auf dem Schoß und einen Arm um meine Taille.

Der Sommer schien so schnell vorbeizugehen und morgen Früh ging es zurück nach Seattle. Nach unserer Hochzeit und Juliannes Geburt haben wir wieder angefangen Zeit in Jacks alter Hütte südlich von Anchorage zu verbringen. Selbstverständlich flog ich. Nach Aaron Geburt beschlossen wir, den ganzen Sommer in der Hütte zu verbringen und die Wildnis Alaskas mit unseren verrückten Kindern zu genießen. Jack und ich schwelgten in Erinnerungen an unser erstes gemeinsames Wochenende und arbeiteten an Kind Nr. 3. Bisher hatten wir kein Glück, aber üben konnte nicht schaden.

Nachdem wir die kleinen Finger von Marshmallows und Kekskrümeln befreit hatten, liefen die Kinder auf die Veranda und griffen ihre Schmetterlingsnetze. Sie versuchten vergeblich, die Motten zu fangen, die um die Lampe flogen, während Jack und ich uns zärtlich im Schein des Lagerfeuers küssten. Die Hitze und Leidenschaft der ersten Tage waren in den vergangenen Jahren nicht erloschen und die Hütte fachte die Glut immer wieder an. Als eine von Jacks Händen über meinen Arsch strich und die andere mit meinem Nippel spielte musste ich kichern.

„Jack, die Kinder...", warnte ich ihn.

Er wand sich zu den Kindern und rief: „Hey Kids, ich werde jetzt eure Mommy küssen, also kommt nicht hier her, okay?"

Mir fiel die Kinnlade runter, aber die Kinder kreischten nur unbeeindruckt: „Ew! Ekelig!" und spielten weiter.

„Jack, du kannst doch ni—" versuchte ich zu rufen, aber er küsste mich nur intensiver und ich hört auf zu reden. Er konnte mich jederzeit mit einem Kuss zum Schweigen bringen und dass wusste er. Auch nach den vergangenen vier Jahren turnte er mich an und machte wich wahnsinnig.

Jack unterbrach unseren Kuss abrupt und fragte: „Können wir jetzt ins Bett gehen, Prinzessin?"

Ich wusste, dass er nicht schlafen wollte, also nickte ich und bis auf meine Lippen. Wir hielten Hände, als wir zur Hütte gingen, die Kinder noch mit Mottenfangen beschäftigt.

„Schlafenszeit", befahl Jack und beide jammerten, wie Kinder es nun einmal taten. Aber sie trotteten trotzdem ins Haus, den Gang entlang zu ihrem Hochbett, das in Jacks ehemaligen Arbeitszimmer stand. Wir gaben unseren Kindern noch einen Gutenachtkuss und Jacks Hand strich schon wieder über meinen Rücken, während ich Aaron noch zudeckte.

Wir machten das Licht aus, schlossen die Tür und schlichen in unser Schlafzimmer, Jacks Hand mittlerweile unter meinem Hemd. Ich lehnte mich an ihn als wir die Tür schlossen, voller Vorfreude auf die letzte Nacht in *unserer* Hütte.

„Ich liebe dich, Prinzessin", flüsterte

Jack an meinem Nacken und ich stöhnte vor Erregung.

„Ich liebe dich auch, Stadtjunge", antwortete ich und wurde mich seinem leisen Lachen belohnt. Wir fielen beide gemeinsam aufs Bett, Lachen auf unseren Lippen und viel Liebe zwischen uns.

Lies Ein Deal mit dem Milliardär nächstes!

Sie glaubt ich bin zu jung.
Sie irrt sich.
Ich kann ihr geben was sie will.
Ein Baby.
Es wird mir ein Vergnügen sein.
Und ihres.

Wenn sie mir nur das Einzige geben würde was ich brauche ... SICH

Lies Ein Deal mit dem Milliardär nächstes!

BÜCHER VON JESSA JAMES

Mächtige Milliardäre

Eine Jungfrau für den Milliardär

Ihr Rockstar Milliardär

Ihr geheimer Milliardär

Ein Deal mit dem Milliardär

Mächtige Milliardäre Bücherset

Der Jungfrauenpakt

Der Lehrer und die Jungfrau

Seine jungfräuliche Nanny

Seine verruchte Jungfrau

CLUB V

Entfesselt

Entjungfert

Entdeckt

Zusätzliche Bücher

Fleh' mich an

Die falsche Verlobte

Wie man einen Cowboy liebt

Wie man einen Cowboy hält

Gelegen kommen

Küss mich noch mal

Liebe mich nicht

Hasse mich nicht

Höllisch Heiß

Dr. Umwerfend

Sehnsucht nach dir

Slalom ins Glück

Neues Glück

Rock Star

Die Baby Mission

Die Verlobte seines Bruders

ALSO BY JESSA JAMES (ENGLISH)

Bad Boy Billionaires

A Virgin for the Billionaire

Her Rockstar Billionaire

Her Secret Billionaire

A Bargain with the Billionaire

Billionaire Box Set 1-4

The Virgin Pact

The Teacher and the Virgin

His Virgin Nanny

His Dirty Virgin

The Virgin Pact Boxed Set

Club V

Unravel

Undone

Uncover

Club V - The Complete Boxed Set

Cowboy Romance

How To Love A Cowboy

How To Hold A Cowboy

Treasure: The Series

Capture

Control

Bad Behavior

Bad Reputation

Bad Behavior/Bad Reputation Duet

Beg Me

Valentine Ever After

Covet/Crave

Kiss Me Again

Contemporary Heat Boxed Set 1

Handy

Dr. Hottie

Hot as Hell

Contemporary Heat Boxed Set 2

Pretend I'm Yours

Rock Star

The Baby Mission

ÜBER DIE AUTORIN

Jessa James ist an der Ostküste aufgewachsen, leidet aber an Fernweh. Sie hat in sechs verschiedenen Staaten gelebt, viele verschiedene Jobs gehabt und kommt immer wieder zurück zu ihrer ersten großen Liebe – dem Schreiben. Jessa arbeitet als Schriftstellerin in Vollzeit, isst zu viel dunkle Schokolade, ist süchtig nach Eiskaffee und Cheetos und bekommt nie genug von sexy Alphamännchen, die genau wissen, was sie wollen – und keine Angst haben, dies auch zu sagen. Insta-luvs mit dominanten, Alphamännern liest (und schreibt) sie am liebsten.

HIER für den Newsletter von Jessa anmelden:
http://bit.ly/JessaJames

www.ingramcontent.com/pod-product-compliance
Lightning Source LLC
LaVergne TN
LVHW011828060526
838200LV00053B/3943